O SENHOR VALÉRY; O SENHOR HENRI;
O SENHOR BRECHT; O SENHOR CALVINO
Gonçalo M. Tavares

四 先 生

〔葡〕贡萨洛·曼努埃尔·塔瓦雷斯 著
〔葡〕瑞秋·卡亚诺 绘 金文彭 译

人民文学出版社
PEOPLE'S LITERATURE PUBLISHING HOUSE

著作权合同登记　图字 01-2020-3551

Gonçalo M. Tavares

O Senhor Valéry © Gonçalo M. Tavares 2002
O Senhor Henri © Gonçalo M. Tavares 2003
O Senhor Brecht © Gonçalo M. Tavares 2004
O Senhor Calvino © Gonçalo M. Tavares 2005
All rights reserved.

图书在版编目(CIP)数据

四先生／（葡）贡萨洛·曼努埃尔·塔瓦雷斯著；（葡）瑞秋·卡亚诺绘；金文彭译．—北京：人民文学出版社，2021
（短经典精选）
ISBN 978-7-02-016575-9

Ⅰ.①四… Ⅱ.①贡…②瑞…③金… Ⅲ.①短篇小说-小说集-葡萄牙-现代 Ⅳ.①I552.45

中国版本图书馆 CIP 数据核字(2020)第 163538 号

总　策　划	黄育海
责任编辑	甘　慧　李　翔

出版发行	人民文学出版社
社　　址	北京市朝内大街 166 号
邮政编码	100705
网　　址	http://www.rw-cn.com
印　　刷	上海盛通时代印刷有限公司
经　　销	全国新华书店等
开　　本	890 毫米×1240 毫米　1/32
印　　张	6.625
字　　数	100 千字
版　　次	2021 年 1 月北京第 1 版
印　　次	2021 年 1 月第 1 次印刷
书　　号	978-7-02-016575-9
定　　价	59.00 元

如有印装质量问题,请与本社图书销售中心调换。电话：010-65233595

目 录

瓦莱里先生

- 003　朋友们
- 006　宠物
- 007　帽子
- 009　两边
- 012　喷嚏
- 014　皮鞋
- 016　派对屋
- 018　立方体
- 020　婚姻
- 022　一次徒步旅行
- 024　贸易问题
- 026　懒惰
- 028　一杯咖啡
- 030　镜子

032	房子的钥匙
035	窍门
037	三个人
039	钉子
041	比赛
043	物件的内心
045	文学与钱财
047	偷盗
049	影子
051	幻影梯子
053	悲伤

亨利先生

059	疑问
060	统计学
061	哲学家
062	新石器时代
063	精准
064	花园里的长凳
065	记忆
066	硬币
067	医生的解释

068	药
069	食
070	地震
071	诗学
073	解剖
074	厄运
075	无限
076	影响力
077	无价值之物
078	字母
079	体系
080	火车
081	彩虹
082	诅咒
083	永恒
084	两冲程发动机
087	现实
088	理性
089	上面的部分
090	合同
091	石油
093	理论

094	身体
096	优雅
098	骨头
100	喷嚏
104	本质

布莱希特先生

107	快乐的国家
108	失业及儿子们
109	歌唱家
110	没有教养的人
111	会叫的猫
112	花园
113	变故
114	船难事故
115	项目
116	中断
117	美学
118	故障
119	钻石
120	寡妇
121	诗人

122	赔本生意
123	外国人
124	镇压
125	起义
127	进步
128	为时尚早
129	学校的自由
130	美
131	完美主义
132	哲学家的重要性
133	文化的危险
134	城堡
135	L型死亡
136	朋友
137	游客
138	哨兵
139	平静
140	市长
141	公平
142	歪脖子
143	迷宫
144	小猫

145	伪造者
146	提问
147	恐惧
148	艺术家
149	更严重的罪行
150	外套
151	诗学
152	句法
153	犹豫不决
154	人
155	老师
156	公共羞耻心
157	智者

卡尔维诺先生

161	三个梦
164	气球
166	窗
167	汤汁的残渣
168	问题与答案
170	卡尔维诺先生的宠物
171	有原则的人

172	每周六清晨的平行运输
174	游戏
177	清晨
178	另一则新闻
180	假期中卡尔维诺先生的来信
181	如何帮助退休者
183	一小匙
184	太阳
187	一条狗和一座城
188	卡尔维诺先生的漫步

瓦莱里先生

朋友们

瓦莱里先生的个儿很小，但很喜欢跳高。他解释道："在很短的时间内，我就能和高个儿一样高了。"

但依然存在一个问题。

瓦莱里先生渐渐意识到，如果高个儿也不停地跳跃，他是无法在垂直线上超越他们的。想到这儿，瓦莱里忽然泄了气。但疲倦感盖过了失落的情绪，终于有一天，瓦莱里先生放弃了跳跃，彻彻底底的。

几天后，瓦莱里先生拿着长凳出门了。

他将凳子摆在面前，站了上去，纹丝不动，开始张望。

"这样的话，在很长的一段时间里，我就可以和高个儿一样高了。只需静止不动。"

可这样并不能令人信服。

"如果那些高个儿的双脚也站在凳子上就好了，这样我就能混迹其中了。"瓦莱里先生喃喃自语，口吻里满是羡慕。他失落地将长凳夹在胳膊下，向家里走去。

瓦莱里先生开始不停地计算，画图。首先，他想到了带轮子的凳子，并将此画了下来：

接着，他幻想冻结跳跃的某一瞬间。如果可以阻止重力的作用，仅需一个小时（他没有要求更多的时间），就完全足够绕城转一圈儿了。于是，瓦莱里先生画下了他的梦想，如下图：

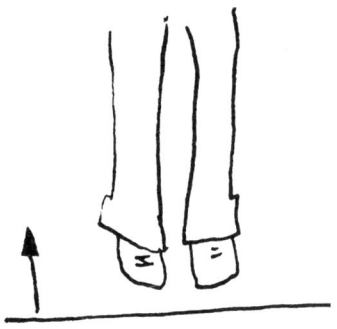

但是，没有一个想法能令他感到舒适且可行。最后，瓦莱里先生决定想象自己的高度。

走在路上，与其他人碰面时，瓦莱里先生都会集中心神，死死盯着，哪怕他看见的仅仅是一个二十美分大小移动的小点。他全神贯注，仿佛清楚地看见了那些高个儿的头顶心。

瓦莱里先生随之将凳子和冻结跳跃的设想都抛之脑后，如今他感兴趣的仅仅是保持着一段可笑的距离。但像方才那样，记住他们的容貌对瓦莱里先生来说是个难题。

自然而然地，为了保持高度，瓦莱里先生失去了朋友们。

宠　物

瓦莱里先生有一只宠物，可谁也没见过。

瓦莱里把宠物关在一个密闭的盒子里，从不把它放出来。他在盒子上方开了一个小孔，通过小孔来喂食。同时，在盒子下方开了另一个小孔，清倒宠物留下的垃圾。

瓦莱里先生表示："尽量要避免宠物带来的情绪影响，它们很快就走了，留下的只有心痛。"

瓦莱里画了一个盒子，有两个孔：一个孔在上面，另一个在下面。

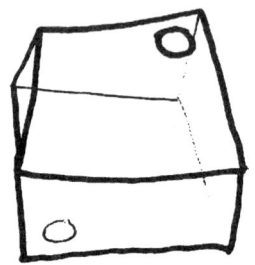

"谁会为了一个盒子而伤感呢？"他说。

瓦莱里先生，没有任何困扰，愉快地与他挑选的宠物相处。

帽　子

瓦莱里先生分神了,他与一些人擦肩而过。但是,他没有看错戴着帽子的女人,只是错觉自己戴着帽子。

瓦莱里先生一直认为自己戴帽上街,但事实并非如此。

由于一直以为戴着帽子,每路过一位女士,瓦莱里先生总是习惯性地将手缓缓掠过头发放到额前,礼貌地问候。女士们憋不住地咯咯笑,但依然很欣赏他的绅士风度。

由于担心再次出洋相,出门前,瓦莱里先生做了充分的准备。他将自己的椰壳帽紧紧地套在头上,以确保戴了帽子。

接着,瓦莱里先生画了他的帽子和脖子:

以及正面：

瓦莱里先生的帽子紧紧地盘在脑袋上，以至于摘帽成了一件费劲儿的事。

女士们沿街缓缓踱步，眼角的余光瞟见瓦莱里正在出汗。他的脸涨得通红，怀揣焦虑，两只手使劲地推着帽子，好像在用力地拔着塞子。长时间的几个回合后，女士们渐渐散去，没有等到瓦莱里先生摘下礼帽的那一刻。

就这样，瓦莱里先生，好几回都被视为无礼之人，但这似乎对他太不公平了。

两　边

　　瓦莱里先生是个完美主义者。

　　他只用左手取左边的东西，而右边的东西则只用他的右手去取。

　　他说："世界有两边。左边和右边，就和身体一样。而错误的产生通常因为有人用左边的身体取世界右边的东西，反之亦然。"

　　有人质疑这个理论，瓦莱里先生解释道："我用一条线把房子分成两边。"

　　并画了下来：

"我界定了右边和左边。"

LADO ESQUERDO | LADO DIREITO

"这样的话,我就可以保证右边的事物永远处于我的右手边,反之亦然。"

此时,面对另外一个朋友的疑问,瓦莱里先生继续解释道:"对于那些很重的东西,我会精确地根据它的中轴线来安置。"

并继续画画:

"这样,"瓦莱里先生说,"我就可以用我的左手和右手一同来搬运,只要我小心翼翼地注意那条界线就行了。至于轻便的物件,就不必有过多的思虑了,我能轻而易举地用一只手来移动它们。嗯,当然了,一只手。"

"可是怎么能确保在所有的场合都严格遵守这条规定呢?"刚才的那个朋友又继续向他发问,"当瓦莱里先生身体背对着它们,打个比方,你怎么判断哪边才是房间的左边和右边呢?"

瓦莱里一下子被问题给噎住了,他不喜欢被质疑,于是粗鲁地回答:"我从来不会背对着它们。"

(这仅仅是瓦莱里先生的辩词,事实上,为了确保左边和右边不被混淆,他将屋子的右边,包括右边的每一个物件都刷成了红色,并用蓝色来区分左边。这样就能更好地理解为什么瓦莱里先生将他的右手刷成了红色,左手刷成了蓝色。尽管这样的行为不符合美学,如他所说,但这样似乎更好些。)

喷 嚏

瓦莱里先生害怕下雨。

几年来,他都在训练自己的反应,以及时躲避从天而降的雨水。他已然成为了一个专家。

他说:"这样我就可以从雨中逃脱了。"

瓦莱里先生画了下来,他画了一个箭头来代表自己:

瓦莱里感到由衷的自豪,"最后,我在这儿,没有雨伞但保持了干燥。我讨厌丑陋的事物。"他说道。

然而有一天，发生了意外。一位正在打扫走道的妇人将一桶水向街上泼去，正好泼到了路过的瓦莱里先生身上。

他浑身被浸透了。瓦莱里先生解释："当我看着天空的时候，一切发生了。"他继续说道："如果一条横线和另一条线垂直相交，必然会产生一个交点。"

接着，他画了起来：

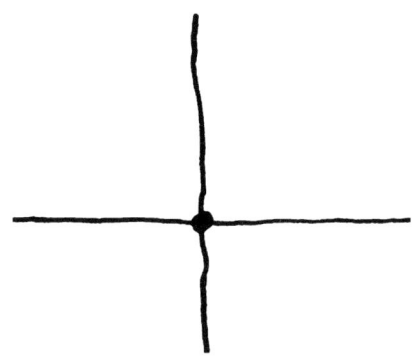

"这个交点，"瓦莱里先生喃喃自语道，水滴从他的头上淌下，"这个交点就是我。"

"命。这是我没预料到的。"瓦莱里先生说着，重重地打了一个喷嚏。

皮　鞋

瓦莱里先生走在大街上，右脚穿了一只黑皮鞋，左脚穿了一只白皮鞋。

有一天，路上的行人对他说："你的皮鞋该换一下。"并且笑了起来。

瓦莱里先生看了看他的双脚，一拍脑袋，自嘲道："像什么话呀！"

他回到了家，对换了双脚上的皮鞋，又重新走在大街上。这时，他的左脚穿着黑皮鞋，右脚穿着白皮鞋。

每当路人提出换皮鞋的建议，他都欣然接受了。又要重新对换皮鞋！阵阵疲惫开始敲打瓦莱里先生。

回想起已经学到的逻辑学思维，瓦莱里先生咬咬牙，继续向前走，并申明道："不，它们并没有穿反。"并自圆其说，"看上去是个谬论，但事实确凿。如果把双脚上的两只鞋进行对换，之后肯定又会重新再换一下，使之看上去是对的。"

他先画了这幅图：

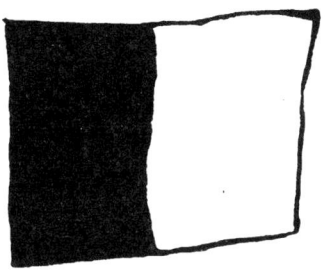

接着又画了一幅：

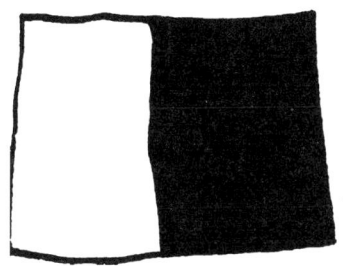

"一幅画的画面一定是对的，这样看起来另一幅画就是错的，因为这两幅画是反的。如果说，这两幅画都是错的，真正的原因是它们都是正确的。"

自从得出上述结论后，瓦莱里先生再也不会担心黑的皮鞋是穿在右脚上还是左脚上了，因为它们总是对的。他心想。

派对屋

瓦莱里先生有一个没有容积的屋子,他用它来举办派对。一扇可以开关的门是屋子里仅有的装饰。

瓦莱里先生浑身透着高兴劲儿地说:"有两个含义,可以进,也可以出。"

他喜欢他的派对屋。

一个派对屋,更好的状态是有四扇门,占满整个墙面,不存在墙体。

屋子中间唯一剩余的面积仅仅只够站着。

瓦莱里先生开始作画:

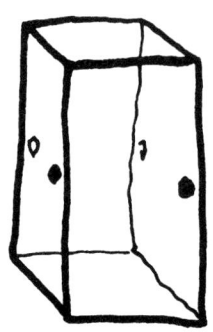

他叫了起来:"一个四扇门的屋子。"

"从屋子的任何一个方向进入都是一样的。这就是我想要的派对屋。"瓦莱里先生说道,"这样我就能避免在一个个的小房间里迷失。如果仅仅存在四扇门,那就能让我省下判断的时间,也不会出现任何不可预测的情况和选择。对我而言,十分符合逻辑。"

"我的梦想之一,是有这样的屋子。"瓦莱里先生喃喃道,"这样才会有完美的派对。"

立方体

瓦莱里先生一直站着睡觉,为了让自己不要沉睡过去。

他这样解释:一座塔的结构,是为了一览无遗。没有一座塔是横着的。

为了证明他的观点,他画了一个横躺着的塔。

继而解释:如果塔呈立方体,无论它的位置是垂直还是平行的,我们从上往下看都是一样的。

于是,他画了一个呈立方体的塔,平行状。

过了会儿,又画了一个呈垂直状的立方体塔。

"一样的,你们看见没?"

瓦莱里先生的口吻充满哲理,意味深长地总结道:"如果所有的物件都是立方体,也就不会存在那么多的争论,更加不会有质疑了。"

短暂停顿后,瓦莱里先生继续说:"我站着睡觉不是一个巧合。"

婚　姻

据瓦莱里先生自己的话说，他与某个模棱两可的人结婚了。

当瓦莱里先生因为某件事，告诉我们可以称呼她为 X，她便是 X；如果因为另外一件事，告诉我们可以称呼她为 Y，她又是 Y。

婚姻的存在仅仅缘于瓦莱里先生的两个愿望。

瓦莱里先生解释，我和某个人结婚了，是因为这样。边说边画了下来：

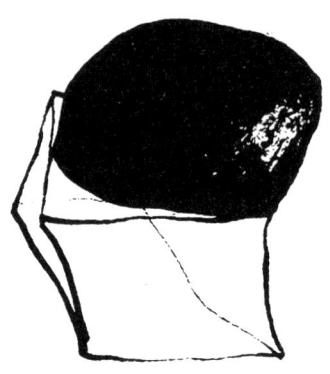

如果她只是这样：

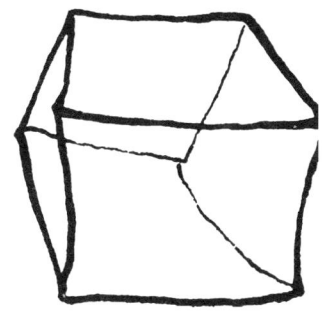

会令我感到疲倦。

如果她是这样:

那么,她理解我。

很幸运,瓦莱里先生说:"有立方体和不完美的球体。"
他少有地一语双关挖苦道:"这样,对我而言,很完美。"
但是,从来也没有人见过瓦莱里先生的身边有人陪伴。

一次徒步旅行

瓦莱里先生总是步行。用他的小碎步,速度非常快。(这个特点很像他的邻居,索默先生。)

有一天,瓦莱里先生准备去城外的某个地方。

如果徒步需要十小时,而坐火车则只需二十分钟。

一番思索后,瓦莱里先生决定步行。他这样解释:"谁能够保证我徒步十小时后所到达的地方与二十分钟火车后抵达的是同一个位置呢?"

他继续深信不疑地表示:"很显然,不在同一个地点。"

瓦莱里先生开始画画,他画了两条不同长度的箭头。

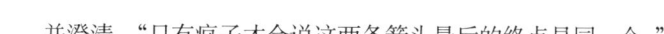

并澄清:"只有疯子才会说这两条箭头最后的终点是同一个。"

为了增强气势,瓦莱里先生继续补充:"假设我坐火车前行,并在终点静静等待,需时九小时四十分钟;火车最终抵达的地方与我步行十小时后所抵达的地点不是同一个。即使我一直站在终点,原地不动，九小时四十分钟后，也已不是同一点了。"

于是，瓦莱里先生决定步行前往。

二十分钟后，他看了看手表，又思索起来，忽然被自己困惑：如果我现在已经处于目的地了，在这个确切的时刻，确实是我将要抵达的地方。

他回头看了看，说："现在还没到达我要去的地方。"

瓦莱里先生继续向前走。

晚些时候，他高兴地自言自语："我还没到，但我会抵达另外一个地方了。"

还差九个小时才能抵达瓦莱里想要去的地方，他继续向前走，脑袋里盘算着自认为的合理性，幸福满满，一步又一步，以相同的节奏，朝着他最终目的地的方向前行。

"没有人可以把我的脑子搞混。"瓦莱里喃喃道，汗流浃背。

贸易问题

瓦莱里先生有一份职业,他过几天就需变换身份:卖方与买方。

他这样解释:"我卖我前一天买来的东西。第二天,我用之前一天卖东西所挣来的钱去买东西。周而复始,我就这样生存着。"

瓦莱里继续解释:"一方在上面,而另一方在下面,其他的是供给。"

由于十分喜爱画画,他画了一幅图:

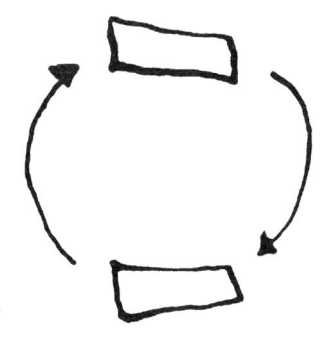

"因为一方需要供给另一方,自然而然地就形成了一个圆。"瓦莱里先生补充着,并画了另外一张图:

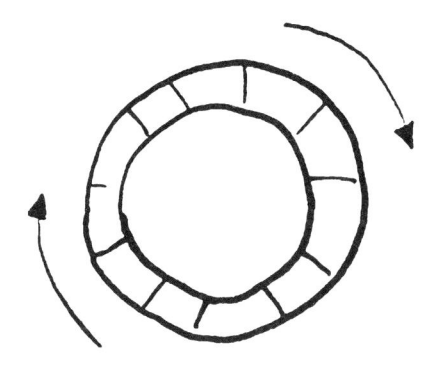

继而又画了第三幅图：

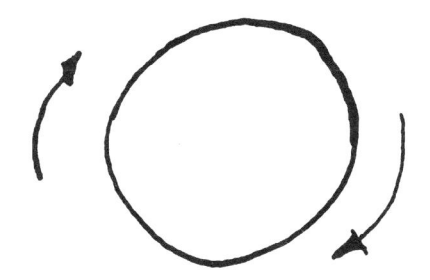

"一天又一天，一切都顺利。贸易的问题在于，"瓦莱里先生喃喃低语，好像不愿让任何人听见似的，"问题的关键在于我是否死了。这才是真正的问题。"

懒 惰

瓦莱里先生肯定有过被人推着走的感觉。

"走路的时候,有人会跟着我。"他说。

但是,同样地,我肯定也曾推动着某个人。

"走路的时候,我也会跟在某个人的身后。"

他解释,"所有存在于我身后的,跟着我走。"

瓦莱里先生画了幅图:

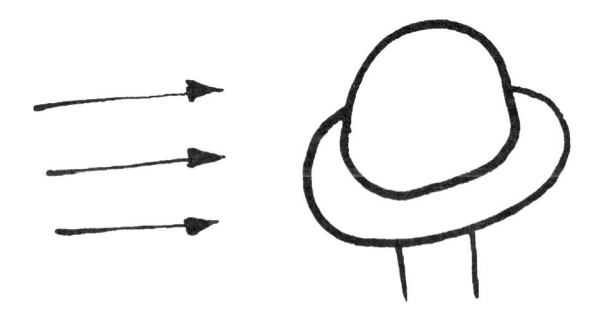

"所有存在我眼前的,我跟着他们走。"

他又画了另一幅图:

"因此,"瓦莱里先生总结,"我更倾向偷懒。"

一杯咖啡

瓦莱里先生非常喜欢咖啡。

对于瓦莱里而言,工作和咖啡一样重要。在工作中,某个特定的时刻,需要喝咖啡。

他习惯这样表达:"没有咖啡我都没法工作。"谁听了这话,都会认为他需要依赖咖啡,才能继续工作。

但事实并非如此。

瓦莱里先生解释道:"工作少的时候,身体更加精准。"

为了把这个观点说得更明晰,他自豪地开始辩证:"和结果比起来,原因显得没什么价值;和毫无缘由的事实比起来,结果则显得没什么用了。"这就是为何,对于他的行为,他没有思考过会产生什么效果。他这么做了,仅仅是喜欢。对他来说,也就够了。

瓦莱里先生决定画一杯咖啡来证明他的观点。

画完后,他自言自语道:"有些日子,我对自己一无所知了。"他好似又遇上了思绪上的烦扰,于是决定再去喝一杯咖啡。我就是这么来解决问题的。他心想。

镜　子

瓦莱里先生既不帅也不丑。

很久以后,他决定换下镜子,用来挂风景画。这样,他就无法判断自己的相貌了。

瓦莱里先生说:"这样最好不过了。"

并解释:"如果照了镜子,我觉得自己很帅,我会害怕容貌的消逝;如果我觉得自己很丑,我会憎恨美丽的事物。而现在,我既不害怕也不憎恨。"

不帅也不丑。瓦莱里先生走在路上,开始仔细观察起与他擦肩走过的路人。

他说:"如果他们对我笑了,那么我知道我很帅;如果他们用余光瞟我,那么我知道我很丑。"

瓦莱里继续充满学识味地讲:"我的帅气在每张转瞬即逝的脸上闪现。"

有几回,当路人用余光瞟过瓦莱里,他立刻察觉了,用手摸摸头发,梳理自己的刹那,他好似找到了自己身上的另一张脸,于是快乐了许多。

瓦莱里先生公正地总结道："镜子是给那些以自我为中心的人用的。"

"那么画呢？"人们问他。

"今天不画画了。"瓦莱里先生作答后，很快与大家作别，行色匆匆，却透着绅士气。

大家都很喜欢瓦莱里先生。

房子的钥匙

瓦莱里先生从法庭出来,在那儿,他就同一事件听了正反双方的辩论。他表示:"让真相幸存的唯一方法就是使之倍增。如果真相是唯一的,而剩下的谎言却数以亿计,那么真相是很难被发现的,它成了一个奇妙的偶然;而谎言,却恰恰相反,充斥了每个角落。"

为了举例说明,瓦莱里画了下面的图:

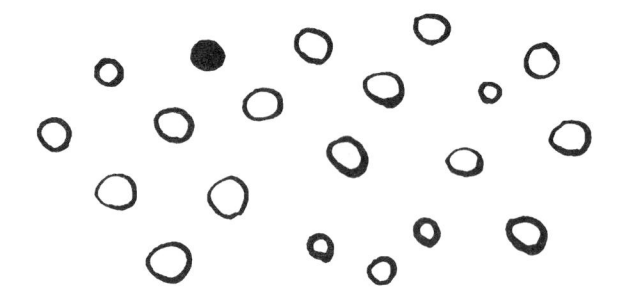

我们需要做的,是让真相的数量扩大,让它和谎言一样多。瓦莱里先生说。(并画了下来)

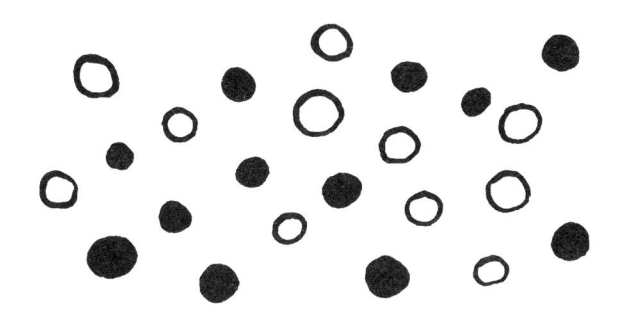

"嗯，或者……"瓦莱里先生自嘲地一笑，继续画着：

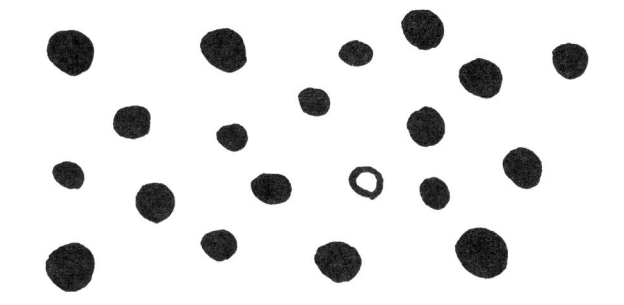

"又或者，"瓦莱里先生总结道，"必须让谎言只成为一种假设。"

瓦莱里心里装着从法庭得到的那些结论，心情欢快地回家了，直到他发现钥匙无法打开门锁，一切戛然而止。他发现自己站在了错误的房子前面。

"啊，到了。"瓦莱里先生喃喃道，"如果所有的房子都是我的，除了一个，那我一定不会弄错。"太倒霉了，我自己弄错了。

脑袋里这么琢磨着，瓦莱里又不知不觉地站在了一扇错误的门前。

"假如我很有钱,"他喃喃自语,"我也不会为谎言而困扰了。"

瓦莱里使劲儿地尝试用钥匙打开一个错误的门锁,最后他折断了钥匙,懊恼地离开了。

幸运的是,他总有一把备用钥匙。为了避免失误,他全神贯注地投入到了当下,暂时将他的理论抛之脑后。

这一回,房门打开了。

窍　门

瓦莱里先生总是衣着黑色。他这样解释："当人们看见我衣着黑色，就会判断我在服孝，出于同情，他们不会再施予我更多的痛苦了。"

他继续讲道："不可以让人加倍地承受痛苦。而穿着这件衣服，让我幸福了好几天。我的衣服迷惑了他们。迷惑了比你更强大的人，这样的感觉总是非常好。"瓦莱里自豪地补充着，而他并没有针对任何具体的对象。他继续坚持，"这就好似一个化学反应。"并开始作画：

"如果一面完全呈现沉暗的色调，而另一面完全呈明亮的色调，那么沉暗与明亮会相互影响，持续一段时间后，达到平衡。"

（此时此刻瓦莱里先生又画了另一幅画）

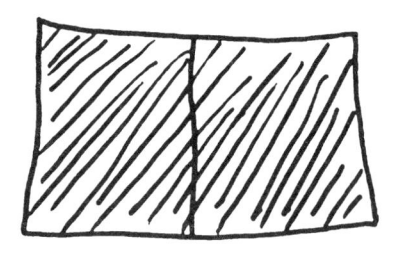

"我的窍门是，"瓦莱里先生说，"当我的逻辑出现状况时，总是穿着白色。"

"我的诀窍是，"他又说，"总是衣着黑色，可以吸收正能量。"

三个人

瓦莱里先生只认识两个人。当下的他和曾经的他。

瓦莱里说:"如果我继续活着,我将会认识第三个人。"

瓦莱里先生笑了,虚无而又狡黠,他满意地踩着小碎步,朝着那个未来的自我走去。

"过去有一位瓦莱里先生,现在是我,未来还有另一位瓦莱里先生。根据我的计算,至少有三个人。但如果这三人相互都非常了解,也可以是一个人。"

瓦莱里先生继续解释:"当我们跑得太快,而时间又转瞬即逝时,我们会在同一空间相遇。"

并画了下来:

"我们很有可能跑得太快,而同时处在了三个空间。"瓦莱里先

生说道，指着他画的画。

（我了解这三个人，他们最终就好像是一个人。瓦莱里先生喃喃道。）

瓦莱里先生并没有过严重的身份危机感，只是在冬天有过肝痛。

钉　子

瓦莱里先生认识一些高傲自大的人，他不喜欢他们。对于瓦莱里而言，高傲自大的人有一种自以为是的坏毛病，无论是在服务、写作，还是作画方面。

瓦莱里先生说："我认识一些人，他们在走路时，好似特意摆出一种走姿。当我们轻视自己所做的事情时，是十分危险的。"他解释说，"如果我们的工作是把钉子钉在墙上……"（他开始画画）

"如果我们自作聪明，认为这项工作很简单，那么我们很可能钉子没钉上，而正好敲到了自己的手指上。但如果我们想得太多，

认为工作挑战太大,那些顾虑也会让我们冒着风险,又一次敲打到自己的手。"

"这样,"瓦莱里先生总结道,"我认为,在任何情况下,都应正确定位工作。我不是你的老板,也并非你的雇员。我和我的工作是平等的,在某个特定的时刻,会共享结局。只是这样。"

瓦莱里先生做完这番哲学论述后,感觉太幸福了,激动得差点儿喘不上气来。

比　赛

瓦莱里先生不喜欢比赛。

任何比赛，无论是第一名还是最后一名，所有的名次都是不好的。

他自问道："赢了别人是为了什么？和别人比输了又如何？我更乐意是第二名或倒数第二。"

他解释道："只有在所有条件相同的情况下，比赛才公平。但这不存在，你懂。如果条件都一样，怎么可能允许一个人在开赛前就位于另一人的前面？比赛的结果通常和开始一样。"

他继续说道："我喜欢看的百米赛跑，每个跑道的终点应该都不同。想象下，四条一百米的跑道，像这样……"（他开始画画）

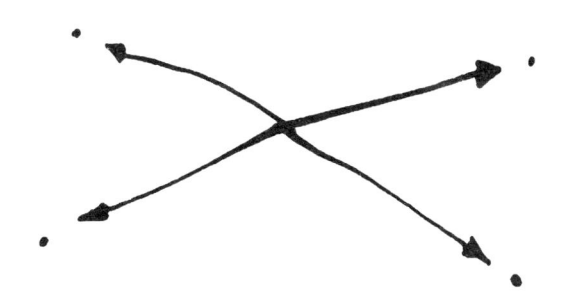

"这样，"瓦莱里先生说，"比赛时，每名运动员更清楚什么在等待着他们。即使赢了，也是自己和自己在赛跑。这是人生路上很小的一课。"

对模糊的概念做出明晰定义后，瓦莱里先生继续他的每日散步，身体微微佝偻着，帽子深深地盖在头上，他一个人，总是独自一人。

物件的内心

有几年，瓦莱里先生依靠卖物件的内心来维生。

瓦莱里先生不卖物件本身，只买物件的内心。举个例子，一位买家拿起一个盘子，事实上这就是一个盘子，里面什么也没。

瓦莱里先生解释道："这个，比如，是个盘子。"并开始画画：

"但我的卖点是盘子的内心。"并开始画画：

这时，人们开始议论："但你画的就是盘子外部呀。"

"是的，"瓦莱里先生说，"但是我卖的不是你看到的，是它的内心。"

"我知道，对于一种空无的状态，更容易理解什么是本质。"瓦莱里先生像往常那样说，"但请你们努力一下。"

问题，往往在其本质与外界相互碰触中产生。

这个话题太广泛了。

事实上，两个买家只要在同一屋檐下，就没法让他们同时感到满意。很幸运，这样的巧合不会经常出现在生活中。瓦莱里先生的生意始终没有得到一个结果。

他因为胡言乱语被人告了，事实上，瓦莱里不过是一个思虑过多的人。

文学与钱财

通常,瓦莱里先生胳膊下面会夹着一本书,书上扎着橡皮圈,套上塑料封皮。

不仅仅为了阅读,他也会把书当作皮夹子,存放纸币。

瓦莱里先生这样说:"我从不喜欢将文学和钱财分开。"

他井然有序地遵从着特定的规则:

在书的两页之间只放一张纸币。

在前几页存放面额小的纸币,在最后几页存放面额大的纸币。

在阅读中,用硬币来替代书签的作用,很显然,书在某种程度上鼓了出来。

在书的最后一页,瓦莱里先生通常夹着他的身份证。

瓦莱里画了一张图,来解释他与文学和钱财之间的关系。

每一次画这幅图，他总是不停地解释："我不喜欢将文学与钱财分开。"

瓦莱里先生无论是阅读还是购物，都一板一眼地严格遵守着下面的动作：

首先，小心翼翼地取下书本的塑料封皮。

继而，谨慎地取下套在书上的橡皮圈，以防硬币或者纸币的掉落。

第三步，翻开曾经阅读戛然而止的地方，在那儿可以找到他之前所有存放的硬币。

无论是购物还是重新开始阅读，瓦莱里先生都会先把所有的硬币倒在手上，接着小心翼翼地拿着书，以防纸币掉落。接着，如需付钱，瓦莱里会找出价钱相当的纸币，他仔细地翻阅，仿佛在寻找之前读书时暂停的只字片语。

阅读时，硬币倒出后，瓦莱里先生将它们堆在面前，之后才能将注意力投到文字中去。如果撞见了夹着的纸币，他会立刻把钱夹在前面。

但是，每当快要读至尾声，所有的纸币，包括藏在尾页的大面额纸币便跃然而上，他放上所有的硬币，这给他带来一种奇怪的错觉。

有人经过瓦莱里先生身边时，看了看他。他在咖啡桌前，双手用尽全力，抓住书的两边，让人琢磨不透，他紧绷的双臂究竟隐藏着低微的贪婪还是对文学深沉的爱。

偷　盗

瓦莱里先生进入他的两个房间,手里紧紧握着两只黑色塑料袋。

偷盗的欲念闪入脑海。

瓦莱里先生在离开其中一个房间前,将屋里所有的物件装入他的黑色手袋里。进入另一个房间时,他已平复了心情。

再次回到方才第一个进入的房间时,他打开第一个袋子,取出所有的物件,重新将它们摆放在位置上。第二个袋子里,装着另外一个房间的东西,被牢牢地捏在手里。

他解释:"这样,我才能拥有较少的物件。我在放置和丢弃它们之间花了太多的时间。"

瓦莱里先生离开房子的时候，双手满满，手里提着两个房间里所有的物件。他穿过马路，接着将它们存放在银行的保险柜里。

瓦莱里先生解释说："这仅仅是预防措施。"

他非常喜欢画他的黑色袋子，因为画起来实在太容易了。

影　子

瓦莱里先生不喜欢他的影子，他总认为，影子代表他自身邪恶的一面。因此，瓦莱里总是在研究好太阳后方才出门，以确保不会冒着被影子尾随的风险。

瓦莱里先生说："黑影，有时候变得可见，被唤作死亡。"

他画了下来：

出于这个原因，瓦莱里先生常常晚上出门，缓缓地，提着一盏小小的灯，摇曳在光线昏暗的路上。

当城市里的人们开始准备晚餐时，在窗边，可以看到一个微小的灯光，一点儿一点儿地移动，他们都能猜到瓦莱里先生在那儿散步。有时，出于友善，他们会打开窗户，朝着小小的亮点问候："晚上好，瓦莱里先生，晚上好呀。"

虽然瓦莱里先生身材瘦小，但人们仿佛知道他在那儿才更有安全感。晚上，一盏小小的灯，在街道散步。

幻影梯子

瓦莱里先生相信幻影。他说："有时，某些夜晚，一些我生活中从未有过的物品会出现在我的眼前，我自己的房子里。这些物件属于老房子，已经消失或丢弃了。我看着我的桌子，桌上有个我从没有过的杯子。我重新环视，看见客厅的角落里放着我从未购置过的梯子。"

"有一次，"瓦莱里先生说，"我试着爬上幻觉中的梯子，掉了下来。台阶，忽然消失了。我摔伤了腿，但很幸运着地时，出现了一个幻影垫子。"

在解释的过程中，有人提出将幻影梯子画下来，瓦莱里先生绅士地接受了请求，并画了下来：

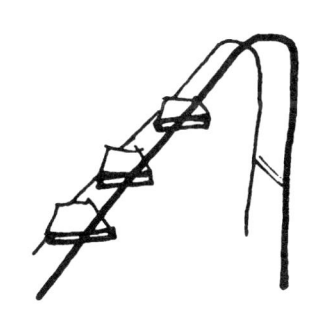

"但这个梯子和其他梯子没什么两样。"人们问他。

"是和其他梯子一样。"瓦莱里解释道,"只是我没有看见过。"

他转过身去,背对着那些给出恼人评论的人。渐渐走远后,喃喃自语:"他们请求我画下幻影,但又对它评头论足。这就是人类。"

瓦莱里先生踩着他的小碎步,以固有的节奏,离开那一群人,一步又一步,头也不回。

悲　伤

瓦莱里先生在不同的街道散步会穿着不同的皮鞋。一双皮鞋一条路。

他自出生起就住在这里，只清楚五条经常散步的街道，穿着五双不同的鞋。

瓦莱里先生解释说："我对事物太过于专注了。只要走过一条新的街道，地面就会紧紧地附着皮鞋，那就再也没有多余的空间放下更多的双脚了。那一刻，仿佛只有鸟儿可以沿街散步。"瓦莱里先生的口吻充满诗意，这很少见，但事实是，他对自己的逻辑感到非常骄傲。

"问题是，"瓦莱里解释，"并不只是皮鞋的原因，我希望把去过的地方都带回家。"

他继续澄清道："有时，我感觉自己并不完整，我认为不属于我的那些，可以让我变得更完整。所以我想让它成为我的一部分，将其从世界中带走。"

"事实上，街道强烈地依附我的皮鞋仅仅是因为我不幸福。"瓦莱里先生忧郁地说。

但很快，他又回到他的逻辑中去：如果一个直角三角形怀念自己是正方形的旧时光，它想重新变回正方形。但是它不可以和想成为的样子（正方形）待在一起，可不在一起，它又永远无法变成它想要的模样。

瓦莱里先生之后对这个推论感到有些困惑，于是强迫自己画了下来以厘清自己的思路。

"看，在直角三角形边，紧挨着它想成为的形状，正方形。"瓦莱里先生画着：

"本质来说，"瓦莱里先生一边说一边又画了一幅图，"我们应相互靠近，是的，靠近的可能不是我们喜欢的，但这样我们才能成为我们想要的样子。"

他继续画着：

"这似乎更让人困惑,同时又有点儿悲伤。"

瓦莱里先生再也没说什么,他已经渐渐地累了,但也晚了。最后,他画了一幅画,一个被分成了许许多多部分的正方形。

亨利先生

文学品自苦艾

苦艾胜似红酒。

——亚历山大·奥尼尔

疑　问

亨利先生问:"如果一只橘子结在一棵苹果树上,是将橘子称为苹果,还是把苹果树称为橘子树呢?"

统计学

亨利先生表示:"统计学发明于一六六二年的伦敦。"

在统计学发明前,当然也存在偶然和重复,但没人知道这些。

亨利先生用右手食指挠了挠他的肚皮。

他有一条黑色的裤子,裤子够不着皮鞋;也有一双咖啡色的旧皮鞋,鞋也够不着裤子。

嗯,因此,事物总是相互作用:裤子够不到鞋子,鞋子也够不着裤子。

"多么神奇的巧合。"这时,他又想到了统计学的重要性,发明于一六六二年的伦敦。

哲学家

亨利先生提着两个篮子,篮子里装满了买来的瓶子。

亨利先生停下片刻,他很疲劳,躺在树下,开始思考。

他念叨:"在新石器时代就已经有篮子了。"

之后,亨利先生再也没说什么,因为他太累了。

他靠在树边,气喘吁吁。

"现在就少了一杯苦艾酒。"亨利先生自言自语。

想了一会儿,他说:"我知道人为什么有思想了,因为疲倦。如果所有的人身体都很棒,就不会存在哲学家了,哪怕一个。"

亨利先生起身前,说道:"世界上最幸福的事,不过是有苦艾酒。"

"苦艾酒是大脑的最佳刺激物。有时,我不知道如何思考,我的脑袋是苦艾酒么,很有可能。"亨利先生说。

新石器时代

亨利先生又要了一杯苦艾酒。"我今天感觉很虚弱。"

"新石器时代就有了篮子！"他说，"篮子！"

亨利先生又喝了一小杯苦艾酒。"新石器时代的篮子！快看呀，新石器时代！"

然而，在吧台的另一边，一个尖锐的声音打断了他："我只对我社区里的事情感兴趣。"

亨利先生答道："很好。"

接着，他示意："请再来一杯苦艾酒。"

精　准

亨利先生依然哈哈大笑。"我的想法在细胞和苦艾酒之间，它着陆于一个存在的空间，尽管现在是空白，但这小小的空间，能让我思考。"

继而他提高了音量："巴比伦人很早就有了年历，比基督整整早了六百年！"

但是，亨利先生搞错了时间。他以为现在是下午四点，实际才是第二天早上十一点了。

由于之前和朋友约了下午四点半的会面，他急切地赶着路，反复加快脚步："看吧，比基督早了六百年。"

然而更确切的是，我在百科全书查到：比基督早了五百三十年，五百三十年是一个确切的数字。

"我们必须在数据上精准。"亨利先生说。可惜，他错以为自己迟到了，依然步履匆匆。

花园里的长凳

亨利先生踱步至花园里他所钟爱的长凳前,那里坐着一位手拉提琴的女士。

他打断了她的弹奏:"安东尼奥·斯特拉蒂瓦里曾是最好的小提琴制琴师。他可以被称为小提琴建筑师。安东尼奥尝试了各种类型的小提琴,直至最后确认了斯特拉蒂瓦小提琴的大小和式样。我可以成为伟大的小提琴手,但是我不会弹。然而,酒精比小提琴出现的时间要早很多。在小提琴家出现之前,就已经有了被酒精深深吸引的艺术家。因此,请带着您的小提琴离开这个长凳,因为它是属于我的。"

记 忆

亨利先生坐在花园的长凳上,心里掂量着身体是否已经醒了,可以考虑去喝一杯苦艾酒。

他说:"我的灵魂已经醒了。"接着,看看自己的身体,但无法找到确切的形状。

"身体上有些地方,我只能用眼睛才能看见;而另一些地方,我只能通过记忆来识别。就好似记忆也有眼睛,比真实的双眼更加古老。"

之后,沉默了。

短暂的静默后,亨利先生说道:"事实上我的意念已经喝上了一杯,但我却没有。"

"它比我更嗜酒。我已经和它碰上了,就在此刻。那么,走!追上它!"亨利先生立刻从长凳跃起。

这是个最终决定。"苦艾酒!"他叫道。并迅速快步走去。

硬　币

亨利先生在路上捡到一枚戒指。

"啊，这戒指可能是金子打造的。"他说着，立刻拾起戒指，放进了口袋里。

不是金子，是七千杯苦艾酒。亨利先生心想，是我们国家的货币。

他笑了起来。我撞见了稀有的宝物。

"这是历史上第一枚液态戒指。"亨利先生说。

医生的解释

亨利先生每个星期都会出现两次习惯性的呼吸困难。

几周里,情况一次发生于周二,另一次发生在周六;又有几周发生在周二和周五。

"呼吸困难,在这儿。"亨利先生边说边在喉咙口比划。

递给了他一杯苦艾酒后,医生开始解释:"亨利先生肯定有一些祖先曾被处以绞刑,被挂在一棵大大的树上,树大约六米高,直径一点五米。这个可怕的事件发生于某个周二。因此每周二,你就会发生呼吸困难的情况。"

亨利先生表示同意,说道:"我也从来不喜欢医生的解释。"

药

"一片阿司匹林。"亨利先生一边说一边吞了下去。

它可以用来治疗头痛、手痛、脚趾痛、醋意之痛、嫉妒之痛、心痛、灵魂之痛、精神之痛、牙痛、牙龈痛、长指甲痛、思考之痛、结论之痛、钱包之痛、假设之痛、金发女郎之痛,抑制垂涎金发女郎的意图之痛、流氓之痛、睾丸痛,以及位于臀部、胳肢窝、腋毛之痛,还有尿道痛、女性胸部之痛、梳头时头发之痛,疼痛无处不在,都是我们的主带给我们的。当然也包括哮喘。

亨利先生停了下来,喘了口气,又要了杯苦艾酒。

身边的一位老人说:"我只是不明白,阿司匹林到底是治什么的?"

"来让治疗有更好的效果。"亨利先生立即作答。

食

亨利先生仰望天空，等待日食。官方之前宣布会有的天文现象，到现在还未出现。

"如果天体运动都晚了，剩下的生物该做什么呢。"亨利先生拿出了他的大型双筒镜。

"如果我的双筒镜的长度可以从地球到太阳，如果这样的话，我就能更近地观察它们了。"他念道，"中文里，存在同一个词来形容食和吃。食是一个黑色物体，吃了天体。多美丽的想象。"亨利先生放下了他的双筒镜，从背包里拿出一瓶苦艾酒。喝了几大口后，亨利先生说："多美的'食'！我还要再来点儿。"他躺在地上，等待着天空中发生点儿什么。最后，亨利先生闭上眼睛睡着了。

醒来后，他拿起背包和酒瓶，回家了。

亨利先生自言自语道："我有过一个私人日食体验。我好开心在自己专属的天空里看到了好多天体。"

"食只取决于我，和我带来的这瓶酒。"亨利先生说。

地　震

亨利先生说："如果谁要打井，那么最好先找蚁穴。"

"再来一杯。"他示意。

"众所周知，在蚁穴下面一定有很多水。蚂蚁是，嗯，算是半聪明半愚笨的植物，而植物是完全没有智力的动物。蚂蚁需要水来建造它们的家园。这一点和人类一样。在地表下，存在着充满能量的运动，它的运动和蚂蚁的运动是对称的。大规模的运动导致了地震。我每天都会阅读百科全书，来获取这些必要的常识。"亨利先生说。

"很有可能，人类活着，却没有常识。"亨利先生已经开始大舌头，"常识是苦艾酒的另一面。"

诗 学

喝了一杯后，有那么一回，酒杯被紧紧地握在亨利先生的右手，他请求再来一杯苦艾酒。

"这是因为身体有两边。第二杯是给左手的。"他左手拿着酒杯，喝了第二杯酒。

"重要的是需保持人类的平衡。"亨利先生说，"数字 2 是一个平衡数，以及它的倍数。请再来一杯苦艾酒，我们一起努力到达倍数！很久以前，存在两种数学，而现在，只有一种数学了。这种存在，就好像有一群人挑起了战争，侵略另一方，总会有人胜利了，有人失败了。"

"假设人民 A 赢了，但他们很坏，把人民 B 都杀了，于是 B 消失了。这就好像为什么现在只有一种数学。问题的关键在于要了解消失的那一种数学的智慧优胜于存在的那类数学。因为很多时候，失败的那一方往往更加聪明。但最终，我们知道溃败的一方因为不强大，所以失败了。但是，想象一下，假设一方人民学习 A 类数学（以下简称 A 类人），这类数学将我们变得更加复杂化。请你们接着想象，A 类人用了更长的矛来对付学习 B 类数学的人民（以下简称

B类人）。A类人使用的长矛先刺向了B类人的心脏。于是，A类数学战胜了所有的人。谁能告诉我，我们所学的数学，不是靠肌肉赢得的比赛而是靠武器？第二类数学，已经随着岁月丢失了，我相信，它漫过路，漫过岔路，最后成了诗。"亨利先生说。

"但这不是绝对的，是一种诗学的计算。请再给我杯苦艾酒，要快。"

"你们想听一三四八年至一三五〇年之间发生的灾难吗？"亨利先生问着，身体已开始摇摇晃晃。"我们继续，来到达第一个倍数。"他说。

解　剖

亨利先生说："约瑟夫·伊尼亚斯·吉约坦是解剖学领域的权威教授，他发明了断头台。吉约坦教授作为解剖学家曾表示，断头台的速度比斧头要快很多，这样可以减轻痛苦。如果用砍头台行刑，有时需要花二十分钟来等待头颅和身体分开。"

亨利先生表示："有必要认真地学习身体，这样可以快速地终结它。任何白痴，比如时间，需要花七十年来杀死一个人。而毫秒内杀死一个人需要很多科学知识。所以，时间不是人类的解剖学专家。一块大石头塞满了我的脑袋，仿佛在很多不可思议的领域存在着许多饱学之士。"

厄　运

亨利先生说："不幸是一道数学计算，在未来等着我们。"

他弯下腰摆弄鞋子，正巧，一块巨石从他的脑袋擦过，重重地击中地面。

"这一点正巧是我的好运。"亨利先生起身。

"又或者，福兮，祸之所伏。"

"如果石头正好打中脑袋就是厄运了。"亨利先生说，"很幸运，在我弯腰的那一刻，好运来到了我的身边，没有让脑袋开花。倒霉蛋们，也有福气相伴。他们总是在错误的时间拥有好运。就好像在沙漠中行走，捡到了一个装满沙子的袋子。"

无　限

亨利先生又要了一杯苦艾酒。

他表示："我已经两天没喝酒了。我正在为一座老房子做测量工作。如果喝了酒，房子内部会比外部大一倍。是否会有这样的一座房子，从墙体开始测量内部宽十米，但从外部测量，却只有五米？我对无限的概念就是这样：一个房子内部的尺寸是 20m×10m×10m，外部的尺寸为 10m×5m×5m。无限来自于苦艾酒。"亨利先生竖起食指，再次示意：请来杯无限大杯装！

影响力

亨利先生说："数以千年来，中国人都在建造一座通往幸福的塔楼。我是从百科全书里读到的。建成的塔很高，这样可以更近地向行星许愿，来帮助下面的人类。如果站在地上向太阳请求帮助，太阳听不见。巨人和小矮子比起来，更容易被天空听见诉求。这是数学。这样，每当想和天空交流，就爬上高塔，大喊。可是，对于哑巴来说，毫无疑问，无法作答。"

无价值之物

亨利先生说："凯克尔特人相信，如果别人变成了聋子，通常他们就成为了你的奴隶，因为他们无法再从他人身上学到知识。但这发生于尚未出现文字和电影的时代。如今，如果你想奴役别人，需要使之成为聋子、瞎子、砍去手或是脚。生活里，我们依仗身体的所有部分。我的意见是，没有卫生条件。"

字　母

亨利先生说："仿佛最初人们皈依基督教的理由可以这么写：'马利亚听见了诉求。'"

亨利先生又要了一杯苦艾酒。

"我也知道道教、佛教和印度教的历史。之前没有那么多的宗教，真的。如果把教堂比作盛满苦艾酒的大酒杯，对我而言它已不是满满一杯。但我们不应在品酒的时候讨论宗教。知道吗，巴比伦人用同一个单词来形容'痛'和'吃'？在《百科全书》第二卷，第三百七十六页。或者，举个例子，他们这样形容使他们疼痛的双脚：双脚正在侵蚀着身体。当然，我也知道天文学和炼金术。我先知道炼金术，之后才是天文学，因为字母排列顺序的原因。对我而言，更重要的历史规律是，L 位于 S 之前[①]。"

[①] 葡文单词里，炼金术为 Alquimia，天文学为 Astronomia。

体　系

亨利先生说："苦艾酒是我关于世界的理论学。我思考的体系叫苦艾酒。"

火 车

亨利先生说："梳子可以改变你的性格。如果你在路上看到一把梳子，这把梳子可以改变你的性格。"

"一杯苦艾酒。"亨利先生点了一杯。

"火车车头冒烟，不是烟斗，是因为火车在赶路。假如火车抽烟，它们不可能按时刻表准点到达。"亨利先生说，"火车准点到达，不是因为动力，确实是因为时刻表。"

"再来一杯苦艾酒。"

"幸运的是，火车不抽烟。火车不抽烟是因为时刻表，就是这样。"

彩　虹

亨利先生说："彩虹于一六五六年被发明。很显然，我在开玩笑。自然景象与人类创造区别在于自然景象没有具体的发明时间。自然景象总是更加古老。"

"请再来杯苦艾酒。

"有人相信夜间也有彩虹，我们看不见是因为我们都是瞎子。我从没弄明白过程。我喝苦艾酒的方式和古代的罗马居民完全一样。可我们现在依然在讨论过程。

"这杯苦艾酒口感很好。苦艾酒发明的时间远远早于所记录的，这是少有的、不可回避的历史事实之一。"

诅　咒

　　有一天谁让这样一个荣誉机构关门了，或许会遭到十万个捣蛋鬼和一个极其丑陋的巫婆的诅咒。

　　请给我来一杯苦艾酒。

永　恒

亨利先生说："这个荣誉机构曾有幸参加过一些亨利先生著名的演讲活动。我，借此契机，在这儿。"

"请再来一杯苦艾酒。"亨利先生请求道。

"今天，举个例子，我来和你们谈一谈显微镜。显微镜的发明可以把微观的东西放大，相比制定的政策而言，它是将宏观的事物细致化。显微镜发明于一五九〇年的荷兰。

"以我陋见，不仅要记录某件仪器发明的日子，也应记录下同一件仪器消失的日子。当某一样发明时过境迁，应举行一个安葬仪式，与所有隆重的告别仪式无异。就好像人类，有出生日和安息日。给灵魂带来安宁。但是，肯定也有永恒之物。"

"它们永远不会消亡，也不会跌价。"亨利先生说。

"请再来一杯苦艾酒。尊敬的指挥官。"

亨利先生品了一口苦艾酒，念道："喔，永恒之物。"

两冲程发动机

亨利先生说:"今天我不用杯子喝酒了。有没有谁把苦艾酒倒进我的喉咙里?开个玩笑。"

"酒杯在手上摇曳的,对苦艾酒只有一半的兴趣。形容一半可能都夸大其词了。我满脑子都想要一杯满满的苦艾酒,现在已经有了。

"如果我退出该机构,你们一定会十分想念我的。我是该荣誉机构的最大投资方之一。

"我看着显微镜的镜片,镜片下的君主是一堆蛆,有三十多种颜色。"亨利先生说,"显微镜对于民主而言是一项重大发明。一个可怜蛋在显微镜下,有那么多的蛆,那么多的颜色,好像君主一般。如果没有发明显微镜,就不可能产生民主。在没有显微镜的情况下,希腊人大概算比较民主了。事实上,这是一句废话。

"同样,也有人和我讨论内燃机。内燃机有两冲程发动机也有四冲程发动机。如同跳华尔兹一般,其原理就好像发动机。一种方式是无法支撑发动机完成整个运动的,而华尔兹在舞蹈中仅靠一种动作也无法保持平衡。

"那么物件没有两冲程，都会完蛋。假使死亡也存在两冲程，那就不会有人死了。因为在第一个时间里会有缓冲，接着其他的就都逃跑了。死亡是只有单冲程的发动机。"亨利先生说。

"死亡即是一个发动机一下子完全砸中我们的脑袋。

"请再给我一杯苦艾酒，谢谢。

"喝苦艾酒也应一饮而尽。分两次喝完一杯苦艾酒简直是罪过。我需要在此澄清，本饮品及限制饮品机构的第十一条戒律应为：一杯苦艾酒不能分两次喝完。第十二条戒律为：太多的苦艾酒最多分三次喝完。

"一杯苦艾酒要么一次喝完要么别喝。喝酒的时候，不会结巴。或者这么形容，没有人在唱歌和喝酒的时候口吃。

"再来一杯苦艾酒，阁下。亨利先生要干杯。他非常有才。"亨利先生说。

"亨利先生的智慧覆满整个脑袋。他脑袋里的才气延绵了一公里又一公里。我可以想象头颅里被才智包围的样子，就好似一条理性的蛇。

"两冲程发动机的问题在于，所有重要的东西不存在两冲程，只有单冲程。"亨利先生说，"没有两个上帝，一个在右一个在左。也不存在《圣经》中记载的两次大洪荒，一次发生于六点一刻，另一次发生于七点三十五分。

"事实上，一个令人感到嘲讽的地方在于大洪水这个单词[①]。所

---

① 发音上有两个音节。

有重要的单词都只有一个音节。"亨利先生再次提到。

"举个例子，苦艾酒这个单词，没有人会念成：苦—艾酒。

"如果有人这么念，仿佛在向某个人透露一个不该说的秘密。"

亨利先生沉默了。

"这么长时间的演讲让我疲倦。但我不愿让机构的组织者把我带走，温婉地说，请再给我一杯苦艾酒？不是苦—艾酒，是苦艾酒。必须的。两冲程发动机是给白痴用的。"亨利先生说。

现　实

亨利先生说："如果一个人将苦艾酒与现实混淆，他会有一个更美的现实。你们需要相信，亲爱的听众们，我和你们说的，并不是来自于我的博学，当然不能否认我拥有丰富的知识，但是我要告诉你们的，决不是照本宣科。它来自经验，我的同胞们。

"就本质而言，当一个人把苦艾酒与现实混淆，那么现实会变得更可爱些；但同样，如果一个人去混淆苦艾酒与现实的味道，那么苦艾酒口感会显得更加苦涩。"亨利先生说。

"很久以前，我很喜欢在生活中做最基本的选择。但我绝对不会把苦艾酒与现实混为一谈，因为这样，贬低了苦艾酒的品质。

"再给我来一杯苦艾酒，尊敬的指挥官。但请不要渗入一滴现实。"

理 性

亨利先生说:"裤子或衬衣的口袋令我不快,它们不能运输液体。如果人类的衣着设计可以更好地运输液体,而不是金子,这个世界会更美好。

"如果诸位阁下对于亨利先生的讲话有更好的反应,那么亨利先生是一个理性的人。如果在座的大多数都很理性,那我就是你们之中最理性的。我是一个在各方面都理性的人。"亨利先生说。

上面的部分

亨利先生说:"我来的时候,看到一位女护士正在照看三个婴儿,好像园丁浇灌花朵一般。婴儿看上去很幸福。

"一杯苦艾酒,尊敬的君主。"亨利先生请求道。

"如果由女人浇灌植物,它们长得很娇嫩;如果由男人浇灌植物,它们长得很粗犷。

"我曾看见过更令人惊奇的事物。

"请再来一杯苦艾酒,尊敬的君主。第一杯喝得太快了。我曾做过一项研究,以证明苦艾酒上面的部分更加聪明。因此,我都是从上面开始喝起。有一件事,始终困扰着我,本质而言,一杯液体,我无法从下面开始喝起。然而,世界奥秘之事,并非独此一件。"亨利先生说。

合　同

亨利先生说："我的父母从未读过童话故事来哄我入睡。他们通常读一些租用合同或者其他的合同来哄我入睡。我的父亲在公证处工作。在那儿有一个公证员和三个男人，但谁也不会注意到。我父亲是其中之一。父亲没有太多的时间陪我，也没时间去重新阅读那些需要审核的合同。他总是利用我的睡前时光，高声朗读那些合同，来检查合同中可能存在的错误。在我成长的过程中，我认为儿童故事只有两边，右边和左边，两个签订者，一个人用一样东西来换另一样。直到后来，我才意识到这和现实生活一模一样，给予与接受。或许只有儿童书籍里才会出现单纯的给予，不需要用其他东西来交换。父亲临终前把我叫到身边，告诫我：'在合同没有签订之前不要做任何事情。'这就是他的遗言，一个审慎的人。

"请再来一杯苦艾酒。尊敬的第二方。非常感谢。"

石　油

亨利先生说："我会尝试着向你们解释电动机的运行方式。

"这儿，一杯苦艾酒，给博士先生，也就是我自己。"他示意道。

"喝了一杯苦艾酒后，关于电动机的运行原理，我会解释得更好。两杯苦艾酒下肚后，我还能解释苦艾酒动力的原理。所以，四杯苦艾酒之后，我从不解释电动机的运行原理。

"持续的电流会调整，从一极至另一极。动力运行过程就好像打乒乓。假设乒乓球是电流，双方球员水准相当，停不下来，比赛最终以零比零收场。

"再来一杯苦艾酒，今天亨利先生，伟大的导师，从家里带来了无穷的灵感。

"我非常擅长给出画面感。第一台运行的电力发动机于一八七三年发明。第一台感应电动机于一八八五年发明。我需要陈述这些事实，是么，工程师先生？同样我也知道我的生日和石油第一次钻孔时间，是一八五七年，自罗马尼亚人开采石油后，人们便将视线聚焦到了地表。不知道他们是为了不让自己摔跤还是要嗅出石油的气味。

"对我而言，所有不能喝的液体，例如石油，就好比阅读我不懂的外文文章。如果一篇文章我无法阅读，那它还可以用来干什么?"亨利先生问道。

理　论

亨利先生说："电话的发明，让相隔遥远的人们可以彼此沟通。电话的发明，让人们彼此远离。就好像飞机。飞机的发明，主要服务于相隔甚远的人们。如果飞机和电话都不存在，人们就住一起了。这只是理论，理论上很好。思考最重要的那一刻是不期而遇，这给人们带来惊喜。"

身　体

亨利先生说："十八世纪，意大利制造出了第一台钢琴。自一八八〇年起，钢琴开始主要向结构和调性潜力发展，同时也向拉伸速度发展。"

亨利先生一口气喝了一杯苦艾酒，接着打了个嗝。

"演奏必须感性。打嗝可以说是祖先的语言，但在这儿我需要给大家道歉，事实上我感觉宾至如归，无意冒犯各位。

"酒精的好处在于它在体内自由行走，好似一个无政府主义者。让离经叛道的想法更加蠢蠢欲动。希望我没有像苦艾酒般扰乱了大家的内心，学者应该尊重事实。我不是学者，但也可以算是。"亨利先生说。

"如果我每次可以在一个卓越的图书馆里喝上一杯苦艾酒，这仿佛在其他图书馆里读了一本书似的，已然可以背诵西哥特人的整部历史。问题出在人类的繁复性上面，如果我学习了西哥特人的整部历史，就没时间再去学习东哥特人的历史了，巧合的是这并不存在。最好的情况是，将所有的事实和事件都记录在一本书里，之后将这本书的大小压缩一半，渐渐地，就可以将世界上所有的知识放在一句话里。一句由十个单词组成的句子。以后，每个人只需将这一句话牢记于心，有时间，将句子进行扩展，伴着一杯又一杯的苦艾酒，好像上帝建议的那样。

"然而，受到思绪影响，我常常在品尝苦艾酒时不能集中精神。很多时候是因为身体的需求。

"有时候尿意从下面往上涌，但有几次我知道实际情况是从上往下涌，但肯定的是，通过计算，从上往下涌的次数要高。这让我开始思考，苦艾酒很多时候被叫做液体。这点要让你们明白很奇怪，年底我会用事实证明。

"面对大脑的请求，身体毫无疑问应被归于智力范畴。比起身体，我更有判断力，亲爱的朋友们。请花一秒钟看看你们自己的脸，来感觉一下什么是你们感受不到的。我希望没有冒犯大家，事实上，尊敬的朋友们，你们的脸蛋，完全算是身体的一部分。身体，鼻子和你们的脸蛋。比如我的脸蛋，你们仔细观察，有身体现象，有鼻子。但最重要的它是一台理性机器、一个会思考的动物和一座哲学工厂。

"我只是给你们举个例子：你们知道哪一天发明了航空母舰么？什么都别做。感受身体。仅仅感觉身体，这很难做到。于一九一八年，我指出了，你们别忘了。只有当亨利先生不在了，你们才能感觉到他的存在，失即得。再来一轮苦艾酒。我付钱。今天我的幸福感很踏实。"

优　雅

亨利先生说："独轮手推车的发明，给予男人更多的力量；而女人的出现，是从男人身上获得力量。我知道我是一个粗人，作为补偿，我请在座的所有女士喝一杯苦艾酒，在这非凡的酿酒图书馆里。

"司长先生，亲爱的司长，尊敬优秀的司长：怎么可能在这个机构里有这样质量的墙体和喘息声，这样的质量，带来通风不利而暗藏生病的可能性，空气中弥漫着潮湿，漂浮着有害和腐烂的气息。关键的是，在这个空间里，怎么会没有唯一的一位美女来与这一切相抵呢？

"这仿佛是设计师犯下的一个巨大错误。在这里一个女人也看不见。但也不能将这个世界上所有的弊病都怪罪于设计师。

"确实，独轮手推车的发明，给予男人更多的力量；而女人的出现，是从男人身上获得力量。所以，女人总是缺席，因为她们的用处在另一面。一枚硬币，如果一面是有用的，那么另一面就是女人。就工具而言，女人的用处远远不及男人，因为女人是一件美丽的事物。

"但是，尊敬的外交官们，有一天某个女人一只脚刚踏入这个入口来拜访诸位阁下，我，悉听尊便的亨利先生，不会为她做出安排，事实上：我，会踏入这荣耀的入口来拜访诸位阁下。因为女人都讨厌在空瓶上花钱。这只是我的想法，如果冒犯了哪位，我请求原谅。因为女人都是温文尔雅的。优雅的人才有权利进入这里。所有的机构都有它的气质和灵魂。而这里，灵魂所在即是为优雅敞开大门。正如我所述。

"请再给我来一杯苦艾酒。演讲的时间太长了。我的喉咙好干，在中午十二点和下午四点半我都感觉在沙漠里行走。

"非常感谢，指挥官。这个，我会立刻和你们分享。马上。"

骨　头

亨利先生说："钢制刀具去除铁锈后可以重塑光滑。——这个信息对于没有钢制刀具的人而言貌似没有多大意义，但对拥有钢制刀具的人而言就不同了。

"一杯苦艾酒，大使先生！有人说，不能确定阿基米德螺丝钉是否是由阿基米德发明的。我总认为重点在如何使用上述螺丝钉上。但如果阿基米德螺丝钉不是阿基米德发明的，我们得赶紧给它换个名字。并非一个多世纪都会伴着这样的错误。

"麻烦再来一杯苦艾酒。

"骨头是我们的财产就好像我们自己买的房子。"亨利先生说。

"区别在于就银行而言，没有付钱的可以不给他们房子，但是不能抽去他们的骨头。

"骨骼是所有私人归属物中最私有的财产。每回喝酒当下，我看着自己，好似一个园丁正在给他的花园浇灌。我的骨头，渴求如此多的苦艾酒，仿佛是夏天花园里的雨露。请再给我一杯苦艾酒，总指挥。"亨利先生请求道。

"苦艾酒让我们的骨头更加紧致、结实、聪慧、敏捷、灵活、持久、谨慎，不仅如此，它对骨头很好。事实上，骨头不会喝醉，醉态仅显于表面。我们可以喝十杯苦艾酒，骨骼丝毫不会颤抖，能感受到的是骨头周围的神经。每块骨头大约有超过十万根神经，或类似的神经数。我看过一篇解剖学论著，身体的一些部分并未涉及。作者们可能忘了双腿和一条胳膊。从上面讲至下面，却把一些抛掷了脑后。忘记身体一些部分的解剖学论著就好像一本三页A4纸的圣经概论，并附有二十五张插图。

"给我一杯苦艾酒。

"我只是想让各位阁下明白，我会给你们描绘一个景象。苦艾酒于我，就好像一本没有遗忘身体任何部分的解剖学的书。我仿佛从上至下都被保护着，当然还有身体的两边。

"看吧，主，骨头和苦艾酒！这对于我来说，是个美妙的总结。"

喷　嚏

亨利先生说:"苍蝇总喜欢洗手,和彼拉多一样。

"尊敬的诸位阁下,你们知道谁是彼拉多么?是一个像苍蝇那样洗手的男人。我开个玩笑。你们有没有看见过苍蝇总是用它的两个触角,一只触角为另一只擦去灰尘?仿佛一个人在数完所有的钱后,就觉得自己是有钱人了。苍蝇的问题是在学术水平上的。"亨利先生说。

"苍蝇不会语言的使用,因为它们没有图书馆。如果它们有,它们也能变得渊博。而渊博可以是一种特殊的语言表达方式,同我们一样,只是我们不自知。我很渊博,但当我走入这个密闭的图书馆,我的知识都掉在了门外,转眼成了杯中物。在这个场所里,有着很多苍蝇,比彼拉多们的儿子们还多。彼拉多们,看看名字,就能明白他的子孙数量多么庞大。任何一个叫彼拉多的人,都会给大家留下深刻的印象。我不是任何一个彼拉多,但我有自己的魅力。这里,幽默多于锋利。而最难的,是说着性感的语言,却不伤害任何一位的情感。

"我的一大魅力是幽默,但不会伤感情。感情受伤对一些人而言相当严重。人们很难从情伤中恢复。拉普人①相信，一个有力的喷嚏可以杀人。"亨利先生说。

"拉普人相信，一个有力的喷嚏可以将打喷嚏的人杀死，但如果我看见了诸位刚好打了一个喷嚏，我会认为你们是想改变自己的意见。一个这样的喷嚏也可以将其他人置于死地，仿佛某个人的大叫充斥脑袋。如果诸位刚好打了一个喷嚏，这个喷嚏可以变得消失匿迹，在场的人都可能得了这个传染病。诸位，你们应该清楚，在中世纪，一个男人的喷嚏传染了整个农村。阁下应该知道，我们已非身处中世纪了，也不会允许阁下这样打喷嚏。阁下应该清楚，你们不仅仅是病毒的携带者，喷嚏也是一项确凿的证据，以证明你们中的一部分对礼节的严重缺失。你们应该清楚，出于对这个场所的尊敬，我才没有离开。

"这个范围的喷嚏远远比一个巫婆的秽语更加糟糕。这个喷嚏所带来的病毒，比现在医学已有的科目明细更多。诸位应该明白，这样的行为，表现了对文化与学识的缺失。这样的喷嚏只可能来自于目不识丁的人，或文化人。社会的寄生虫会选择一个关键的地方来宣传他的毒瘤，潜移默化地摧毁我们建造的最坚固的大楼。阁下们，我要再去喝一杯苦艾酒，来燃尽你们用喷嚏射入我们体内的魔鬼，毫不留情，就如同中世纪的刽子手般。

"诸位，你们知道么，在中世纪，刽子手在行刑时都会戴着面具来避免被人认出，这样就不会遭到报复？而如今，刽子手无需面

---

① 分布于挪威、瑞典、芬兰和原苏联各国北部的人。

具，还领着国家的俸禄?

"诸位应该清楚，政府最应对我们的国家感到羞愧，已然没有能力去保护类似于这样的机构，却还在向人们鼓吹文化，如一杯上乘的苦艾酒弥漫全身! 诸位应该清楚，这是一个伪君子所为，从今往后我不再吐露半字。

"请算我的，尊敬的指挥官。我为我的焦虑致歉，但最尊贵的主，在您的地盘，一些冒昧的访客并没有尊重他们脚下高贵的地板。下午好，我的先生们。总体而言，亲爱的敌人，这对您而言，已经太晚了。

"请不要忘记我和大象一样：不会忘记。在没有压倒您之前我不会疲倦。请您记住大象拥有的是牙齿而不是犄角。诸位，在一切之上即是无知。诸位，你们不应对蚂蚁一无所知，而却只关心大象之物。尊敬的阁下，请从我的世界消失，你们传播污秽直至细菌都病了。诸位，你们的毒胜过蝎子，国会中充满了政治，已然没有了秩序的必要。

"诸位，你们甚至都没有尊严去饮酒。

"诸位是自然的过失。美妙日子里悲伤的一笔。我们的主是多么仁慈，将你们置于我们之上。诸位光天化日之下做着坏事，比动物还不如。诸位的沉默令我生气，你们就是我身边的野兽。野兽，它该有的样子。

"明天请不要忘记带伞，因为会下雨。诸位不相信上帝，也不品尝苦艾酒，失去自我。我很清楚，你们不相信上帝。多么可悲，在一些场合也不懂得品尝苦艾酒。苦艾酒应受到尊重。并不是如先生您这么喝的。

"阁下在任何方面都是不可知的,哪怕和您的妻子在一起,您也是如此。我正和您开着玩笑,您不理解我的幽默,介于目不识丁、文人和混蛋之间。我再和您多说一些,很严肃:阁下您不懂饮酒。阁下您都不知道什么是不可知的意思。阁下您笑了,失去了控制。明天,对每个人而言,又是新的一天。阁下您是一个傻瓜,也千万别在中国这么打喷嚏!"亨利先生说。

本　质

　　长久的寂静后，亨利先生说："今天，我从进来到出去，只字不言。从今天起，我会缩短我的演讲，只讲要点。我注意到，本机构并未对我的百科论文给予应有的重视。从今天起，我只会开口要更多的苦艾酒，剩下的谁也听不见了。因为，实质上，诸位阁下是醉汉的集合体。从今天起，只有本质。我获悉的消息就是这个。请再给我一杯苦艾酒，阁下。"亨利先生说。

布莱希特先生

尽管客厅空无一人，布莱希特先生依然开始讲述起他的故事来。

快乐的国家

这里曾是一个安居乐业的快乐国，但是这个国家的居民却非常懒散。当国王下令保卫边境时，每个人都不停地打着哈欠，置之不理。于是，这个国家被侵略了。

侵略者占领了快乐国后，同样开始变得慵懒，当新国王下令人们保卫边境时，所有的人还是不停地打着哈欠，国家再一次遭到侵略。于是，快乐国开始有了来自其他国家的居民。

第三次，侵略者占领了快乐国后，很快也变得非常懒散。当新国王要求保卫边境时，人们依然哈欠声一片。快乐国家再次被侵。于是，这个国家的居民愈来愈多。

就这样，周而复始。直至那些曾经来自于地球另一边的侵略者也成为了这个国家的受害者。再也没有来自任何地方的侵略者了，所有的人都汇聚到了这个快乐国家。

这个时候，新的国王下令侵略除了快乐国以外世界上所剩下的国家，其实，这个世界已然完全空了。新国王的命令依然无人理睬，大家还是不停地打哈欠。

最后，国王只好只身前往。

失业及儿子们

他们告诉他:"我们可以提供工作给你,如果你同意我们切去你的一只手。"

他已经失业很久了,又有儿子,于是同意了。

过了不久,他再次失业,又需要寻找新的工作。

他们告诉他:"只要你切去另外一只手,我们就可以给你提供工作。"

他已经失业很久了,又有儿子,于是同意了。

过了不久,他再次失业,又需要寻找新的工作。

他们告诉他:"只要你砍去你的头,我们就可以提供工作给你。"

他已经失业很久了,又有儿子,于是同意了。

歌唱家

一只鸟儿被子弹射穿了右翅,但它继续带伤倾斜着翅膀飞翔。

过了一会儿,它的左翅也被射中,只好被迫放弃飞翔,用两只脚在地上行走。

又过了一会儿,它的左脚被子弹射中,只好倾斜着身体走路。

几周后,另一颗子弹射中了它的右脚,它只能放弃行走。

从那一刻起,鸟儿开始致力于歌唱。

没有教养的人

一个没有教养的人在任何场合都不会摘下礼帽。无论是在路上遇见女士，或参加重要会议，哪怕是进入教堂，都不会摘下帽子。渐渐地，人们开始对这个不懂规矩的人感到厌恶。随着时间的流逝，厌恶感与日俱增，终于有一天爆发了：这个人被控告上了断头台。

执行日那天，这个人头颅套着枷锁，但自始至终高傲得戴着帽子。

所有的人都静静地等待着。

断头台的刀落下，人头落地。

帽子，却始终戴在头上。

人们靠近头颅，想把帽子从这个没教养的头上拿下来。但是没有人成功。

这不是一顶帽子，而是这个人的脑袋长了一个奇怪的形状。

会叫的猫

有一只猫,叫声似鼠。它利用这个优势来猎捕老鼠。老鼠们被它的叫声迷惑,一只又一只地落入圈套,被这只猫吃掉。

但是有一天,这只猫的叫声吸引了其他的猫。另外一只猫把这只猫吃掉了。这顿大餐太丰盛了,以至于让它难以忘怀。它对它的朋友说:"我吃了一只从未见过的老鼠。"

花　园

　　花园里有二十五棵树。其中，二十四棵是小树，另外一棵是参天大树：粗粗的树干，可傲视一切，顶端几乎可以碰触天空。从花园上方俯视，好像只存在一棵大树。

　　这棵大树依然长势迅猛，它的果实或被小鸟叼走，或挂树上，或落下：落下的果实好像一个货真价实的炸弹，直泻而下，掉在地上。

　　花园的主人，从未从这棵大树上获益什么，而落下的果实愈来愈频繁。主人觉得很危险，决定砍掉它。

　　现在从花园上方俯瞰，好像视野一下开阔了，也能够清楚地辨认二十四棵树。

变　故

　　曾经，理发店有一个修剪指甲的人。国家遭遇变故后，他决定重拾旧业，但现在他的工作内容变成了砍去罪犯的手指。

船难事故

只有一头河马和它的主人从船难中逃生，跳上了一艘小船。

河马是男人的谋生工具。因此，当小船渐渐开始朝河马的方向倾斜时，他开始担心河马会沉入水里。为了避免小船完全失衡，男人切下河马的一块肉并吃了，正好填补他此时的饥饿。被切去一小块肉的河马重新使小船的两端保持住了平衡，好似一杆秤。但过了一小会儿，小船重新失衡，重心再次偏向河马的一边。尽管河马被切去了一块肉，但依然比它主人的那一边重。男人决定再切去河马身上更大的一块肉。待肉被切去后，小船的平衡力依然不尽如人意。男人又切了更大的一块肉并吃了。小船恢复了平衡。

整个旅途历经几周。男人每隔六小时，都必须切去河马身上的肉。

或许这不是一个完美的解决办法，但是可以让男人减少失去河马的风险。

项　目

　　有一片树林缓缓生长，仿佛几个世纪都以这样的姿态生长着。有一天，来了一个男人，他提出一个项目。

　　三天内，将树林夷为平地。

　　第四天，人们停工了。

　　一年后，来了另一个男人，那块曾经的树林一眼望去一马平川，他叨念道："缺少树木。"

　　接下来三天开始植树。

　　第四天，人们停工了。

　　十二年后，树林又再次繁茂。

　　另一个男人又来了。

中　断

有一个年迈的老人,几乎瞎了,记忆力衰退,走路颤颤悠悠。因为走路不稳,他被绊倒,跌倒的时候,心脏被尖刀直直插入。

临终前,他依然清晰说道:"现在就……"

美　学

一个非常肥硕的女人渴望减去重量。她去医院对医生说:"切掉我的一条腿。"

故　障

由于电路短路的疑难杂症，一名职员触电身亡。他的死因不是因为坐在电椅上而是触碰了导电的电流。

由于无法解决故障，几次尝试后政府职员坐在了电椅上，恰恰是电流导致其死亡。

钻　石

葡萄串王国不再掉葡萄，取而代之的是掉钻石。

"钻石，钻石，钻石！多少年了只有这个！"种植者抱怨道。

寡　妇

寡妇看着死者，意识到这样一个事实：死者的双腿长度缩短了。身体的其他部分和生前保持一致，但是双腿仅仅在两个小时内缩短了十五厘米。

不一会儿，这个现象加剧了。

第二天，死者仅仅剩下一双新皮鞋和一个头颅。

寡妇一下子疯了。她的心里全是为了买大木头棺材所花的冤枉钱。

"我的木头，我亲爱的木头！"寡妇喃喃道，几乎没人可以听见。

埋葬日那天，寡妇几乎无法自持，在亲友们面前失声痛哭，紧紧地抓住那口大木头棺材。

诗 人

诗人们排着长长的队,队伍一直延伸到下一个街区的拐角。他们等待着是为了仔仔细细地填写一张表格。

赔本生意

他们开始去除猪皮,接着准备吃了它。

在动物死前,它喃喃道:"我不是一只猪,我是一个人。"

夫妇俩跪下开始痛哭。

这只猪会说话。这应该可以卖钱!

外国人

一个男人加入了一个合唱团，但他坚持只唱他自己会唱的歌曲。

乐队指挥喜欢乐团成员团结友爱，于是请求男人教其他团员唱新歌。

然而，这首新歌的歌词没有人会。

男人解释道，如果要和他一起唱，首先需要学会这首歌的语言，这样才能完全理解这首歌的每句歌词。就这样，男人开始教授乐团里其他成员语言，从语法、词源直至正确的发音。

经过两年的时间，乐团里的成员终于学会了这首外语歌曲。

他们排练了一遍又一遍。所有的成员都欢呼雀跃。首演定下时间后，男人却再也没有出现过。

也再没有人在这个城市看见过这个男人。

镇　压

政府通过数量的变化来修正社会的不平衡现状：在穷人周围安排两名卫兵。

起　义

对一个国王来说，最重要的一点是取得民心。

有一天，这个国家出现了一个充满幸福感的外国人，他每只手有六根手指。国王下令这个国家的医生为每个臣民都接上第六根手指。医生则相互帮忙为对方接指。没有人会嫉妒那个拥有六指的外国人了。

就这样，所有的人每只手都有了六根手指。

第二年，这个国家又来了一个外国人，这个外国人的幸福感比上一个更高。他每只手有七根手指。

国王重新下令让医生为每个臣民每只手再接一根手指。于是医生们照做了。

又一年，来了一个八指的外国人，他的幸福感充盈在整个灵魂，无法掩饰。于是，全体臣民又进行了接指手术：每个人每只手都有了八根手指。

再一年，来了个每只手有九根手指头的外国人，他的幸福感更加强烈。

同样的手术。这个国度每个人每只手都有了九根手指。一双手一共十八根手指。

又过了一年,这个国家来了一个外国人。外国人的脸上洋溢着从未看见过的幸福感。他的每只手有五根手指头。

犹豫了片刻,国王下令医生为臣民做截肢手术,切除每只手上的四根手指。

但是产生了一个问题。手术医生每只手上的九根手指无法令手术开展,手指头相互缠绕,手术无法进行。于是,所有的人每只手只能保持着九根手指。

由于国王无法给予臣民如同那个幸福的外国人同样的五根手指,臣民们起义了,国王被废黜了。

进　步

蜗牛们爬到百米赛道上。儿子从妈妈死去的地方继续爬行。就这样，至少经历了十代，也没有完成一百米。

由于爬了好久好久，将要抵达终点线的时候，蜗牛们停下了。

为时尚早

当战争打响的时候,地图还未绘制完毕。整个军队,包括上千名士兵、大炮及坦克都进入了死胡同。

学校的自由

这是一家只卖一本书籍的书店。这本书印刷了十万册并被编了号码。但如同其他任何书店一样，购买者驻足犹豫，他们正在挑选这本书的编号。

美

在某座城市,有一天天空出现了一道彩虹,且再也没有消失。这样的景象维持了整整一年。人们对此开始厌倦。

终于有一天,彩虹消失了,天空呈现出片片灰色。这座城市的孩子们,指着灰色的天空无比兴奋,尖叫着奔走相告:"快看,多美!"

完美主义

一只鸟被子弹射杀了。它刚刚越过边境。

哲学家的重要性

哲学家表示,只有人类是最重要的,而动物们只能做出无意义的行为。这时候来了一只老虎,把哲学家吞食了,老虎恰恰用它的牙齿证明了哲学家之前的理论。

文化的危险

有一只彬彬有礼的母鸡非常爱思考,以至于肠道堵塞而无法下蛋。第二天,它被杀了。

城　堡

有一个国王和其他所有的国王一样,拥有一座城堡和一支庞大的军队。唯一的问题是这座城堡非常小:长不足十米,宽不足九米。成千上万的士兵、国王、王后、公主、主教以及学者都住在这座城堡里。城堡太拥挤了,连一个胳膊肘都没法放下。这也难怪,过了几天国王下令攻打其他王国。

L型死亡

有一匹马的行走姿势就好似象棋中的马。

向左（或右）走一步，再向上（或向下）走两步。反之亦然。

最后一个观众离开后，比赛恰巧进行了五个小时。

显然，这匹马的行走方式不适应这场比赛，同样对于它的体积而言，也无法塞进标准的象棋盘。

主人宰杀了这匹马。

马匹依然保持着它的耐力。它被三发子弹射中。两发在一个方向，最后一发子弹射向了它走姿的直角方向。

朋　友

有一个男孩非常被动。他相信所有的一切都需要依靠老板们。他就好像是一个马屁精，常常打扰他的老板们。

老板们决定砍掉他的舌头，让他停止赞美。

之后，他们决定砍掉他的手指，他就无法再书写出溢美之词。

某一天，男孩用头撞击桌子，利用摩尔斯电码向他的老板们传达：你们会收到这个，然后失去一个朋友。

游　客

由于旅行社的失误，游客们被带领着着陆到了一个战区。

游客们出游前有沐太阳浴的计划，并且已经准备了防晒霜及泳衣，于是他们坐在酒店的阳台上，一边让身体接触灼热的阳光，一边忍受着炮弹和子弹的嘈杂声。

由于游客们已经带来了地图和城市指南，他们决定散步沿途参观房屋废墟，与已经过时的游客指南作一下对比。

同样，游客们也已准备了照相机，挂在脖子上。于是他们决定拍摄横躺在马路上的尸体。

哨　兵

有一个男人是个聋子,他被安排担任哨兵。将军认为他这个特性可以使他比其他人所受的干扰更少。将军觉得一个理想的哨兵不仅仅应该是聋子,最好没有嗅觉、味觉及触觉。这样,就可以不受任何事物的干扰,专心来保卫国家的边境,并将这个想法作为一种国家战略。

将军用不耐烦的声音低沉地说道:"但问题是哨兵不仅仅需要监视,还需进食。"

监视升级了。某一天,将军决定,不再给哨兵一块面包吃,哨兵必须一刻不停全神贯注地察看边境。

将军的命令被执行了。

几周以后这个国家被侵略了,在哨兵饥饿而死之后。

平　静

　　一个男人愁思不展地走在路上,脑袋里不断地思考着解决问题的办法,忽然在路上看到一枚硬币。"有了它,我就能解决一个问题了。"男人满足地说道。走了没几步,他又捡到了另外一枚硬币。"有了它,我可以用来解决另外一个问题。"又走了几步,地面上再次出现一枚硬币。"真是我的幸运日!"他确认道,这样我就能解决我的第三个问题了。男人继续行走,并时不时地捡到硬币。每捡到一枚硬币都使他神采飞扬:"我又能解决一个问题了!"

　　傍晚时分,当他又捡起一枚硬币放入口袋中,说道:"口袋里再也装不下硬币了,我已经可以解决我所有的问题了!"终于,他安心地喃喃自语道:"我淡定了。"

　　然而,在距他前方几米之处,还有另外一枚硬币。

市　长

有一位画家没有办法分辨颜色，但是他在绘画界很受欢迎。

他被选为乐队指挥。这个决定由市长做出。市长差不多已经聋了，但是他很欣赏画家作画时的手势。这件事是市长做出的第一个也是唯一的一个决定。

市长参加竞选时，由于他的优柔寡断而没有激怒任何人，从而当选。然而，群众在第一次听到乐团举行的音乐会后，暴动了。

有人尖叫道："滚回去，让指挥滚蛋，让他回去画画去！"

在市长做出第一个决定后的第四年年末，他判断群众会再来一次哄闹，于是决定申请第二轮任期。他实现了愿望。

群众，除了音乐外，再次重新推选他作为市长。

公　平

有一对双胞胎,他们总是彼此羡慕。双胞胎很重视公平,他们对所有的东西都要一分为二,分得丝毫不差。有一天,在他们普通的庄园里,一只奇怪的动物出生了。

这只动物的前半部分长得像驴,后半部分长得像马。双胞胎都认为像马的后肢比像驴的前肢要跑得更快,他们都想骑后半段,而将前半部分留给另外一方。他们都确信,在旅途中,拥有后半部分的那个人会第一个抵达终点。

没有人愿意放弃后半段较好的部分,为了公平起见,他们锯掉了一只马腿。于是,其中一个兄弟骑上了那只拥有两只驴腿和一只马腿的动物。但是,当双胞胎重新审视动物时,又起了争执。

他们都不知道究竟什么是比较好的,但可以肯定的是动物依然没有被平均分配。双胞胎没有一方愿意损失,为了公平,他们继续开始切割。

歪脖子

国王的妻子非常喜欢陪在国王身边散步,视察国情。忽然有一天她的脖子扭了,无法再转动脑袋。王后的脖子一直没有好转,于是国王下令全国人民在宫殿正前方的斜角处开始工作。

迷　宫

一座城市投资了所有的钱用来建造一座重要的主教堂。主教堂用金子及加工过的石头建造而成，还邀请了本世纪最伟大的画家来绘制天花板。

为了体现这座主教堂的价值，人们决定在入口的建造上加大难度。当时渗透着哲学理念的政见认为，如果太容易得到，会贬低它的价值。

人们在主教堂的入口建造了一个迷宫，并将此作为唯一可以进入教堂的通道。迷宫造得太好了以至于没有人能够成功进入主教堂。

迷宫渐渐成为了这座城市最具吸引力的建筑。

小　猫

有一只猫，每天傍晚时分都会靠近他的主人为他舔皮鞋，并发出细小的声响。

渐渐地，它赢得了男主人的信任。主人觉得这只小猫很胆小也很懂卫生，有一天决定脱下鞋子，来观察小猫如何舔他的双脚，是不是和舔皮鞋一个模样。

这时，这只伪装多年小猫的老虎觉得是一个好时机，它没有舔舐他的双脚，而是直接把主人吃掉了。

伪造者

一个一生以造假表为生的男人开始视线模糊。由于造假嗜瘾，他开始伪造音乐。

他死后，在太平间，他的尸体被其他人弄混了。

提　问

　　一天，总统已经让全国人民相信：有必要花去所有钱财来保卫祖国，并同时开始侵略邻国。同一天，在议会大会席间，聚集了各类重要的人物。在决定做出后，一个被大家认为是这座城市最愚笨的人，一个从未上过学，一个文盲，一个从未正确说出过一句整句的人举起了手，请求提一个问题。

　　席间一片窃窃私语声。整个议会没有人能够忽略总统那张惊恐的脸庞。

　　很显然，没有人会允许一个白痴，在这样一个重要的时刻提出一个问题。

恐　惧

有一个人，对所有跟随他的动物都感到恐惧，最后他决定住到很高的山上去。

艺术家

一位艺术家嘲笑一名外科医生，医生只能拯救人们的身体，而艺术家可以拯救人类的灵魂。

有一天，艺术家遭遇车祸，入住医院，而拯救他的恰恰是这名外科医生。

几年以后，外科医生和其他同事聊天，惋惜地说，因为当时这名艺术家不知道急救措施，艺术家的朋友在他的臂膀中死去。

朋友的遗体连同艺术家一条价值不菲的丝巾一同被埋葬，赋予了那条丝巾不同的意义。

更严重的罪行

不懂得尊重军衔等级的居民将会被判六年的监禁。如果居民犯下谋杀罪判二十年监禁。

一个杀手,在其作案现场看到一名将军,于是当着大众的面对他说:"你这个低劣的士兵!"

结局已定。

法官们会根据罪犯犯下的较严重的罪行来定罪。这个杀手被判六年监禁。

外　套

有一个人，相信他的外套里有一个天使，因此，他从不脱下外套。

当他被问及是否愿意招募入伍时，他表示同意。但他提出一个条件，打仗的时候也必须穿着自己的这件外套。"因为外套里有一个天使会保护我。"他解释道。

在军队里这样的行为当然不会被允许。每个士兵都需要穿制服。穿着外套的男人依然坚持己见，最终未被许可。于是，他待在了家里。

最后，所有参与战役的士兵都牺牲了。

诗 学

有一座监狱建成了。监狱外部的界限呈铁丝网状。在那儿,可看到由这个国家伟大的诗人们书写的某些最美丽的诗句。

这些带电的网线覆盖整个监狱,上面写到:凡触碰者,即亡。

句　法

因为文本中出现了句法上的错误，使一个犯了死罪的男人变成了新的国王。

这个新国王，因句法而逃脱死罪，他决定利用其他方法判处原先的国王绞刑。为了避免书写错误，他口述了。但是，他解释错了。新国王的国民，根据他的旨意，将其处以了绞刑。

犹豫不决

一个男人在楼梯的中间犹豫着,是下楼还是上楼?他的迟疑已经整整维持了几天。几年过去了,这个男人依然还在犹豫:我是上楼还是下楼呢?

直到有一天,楼梯倒了。

人

在某一个国家，出现了一个有两个脑袋的人。他被认为是一个怪物，而非人类。

在另外一个国家，出现了一个永远充满幸福感的人。他被认为是一个怪物，而非人类。

老 师

这座城市一位知名老师想画一个圆,但他画错了,最后画了一个方形。

他要求学生们照着他的图来画。

学生们照着画,但最后也画错了,画了一个圆。

公共羞耻心

有一支军队拥有一万名士兵。当这支军队抵达敌军宫殿前,被殿前一块板上的方程式所吸引。这个方程式的数字非常大。

整支军队努力地想解开这道方程式。一万名士兵窃窃私语,相互讨论,试图找出这道方程式的解,但是没有人成功。

整支军队士气大跌,慢慢地撤退,将武器丢在地上。最终,一万名士兵满怀羞愧地回国了。

智　者

有一只母鸡，终于发现了一个方法，用于解决城市里人类的主要问题。它将它的理论告诉了最伟大的智者。毫无疑问，母鸡发现了一个秘密，可以使所有的人安居乐业。

七名智者专心听了母鸡的理论后，请求母鸡给他们一个小时，来探讨一下母鸡所发现的结论。这只母鸡等在门后，好奇地听着这些智者的意见。

会议中，这七名智者一致认为，为了避免一切为时已晚，先把这只母鸡吃了。

布莱希特先生讲完最后一个故事后，环顾四周，此时客厅里坐满了人。人因为太多而把门堵住了。我现在该如何离开这里呢？

卡尔维诺先生

三个梦

卡尔维诺先生的第一个梦

卡尔维诺先生的皮鞋和领带被人从三十多层的高空抛掷而下。卡尔维诺没有多余的时间去思考,一切为时已晚,他随即冲向窗口,一跃而下,试图去抓住皮鞋和领带。他在空中漂浮着,先够着了鞋子,第一回是右脚,穿上了鞋,接着是左脚。卡尔维诺先生的身体依然在空中不停地下坠,他试图在漂浮的过程中找到一个舒适的位置来系紧鞋带,由于左脚的皮鞋穿反了,他需要转身重复一下动作,最后他做到了。他低头向下看,已经可以瞧见地面。在坠落之前,卡尔维诺先生还需系好领带。他低下头,用右手去抓漂浮在空中的领带,费力地将领带环在颈上,手指与领带相互缠绕,转了几圈,打了个结,领带戴好了。他重新看了看鞋子,鞋带已紧紧地系好了,而领带的最后一个结也在卡尔维诺先生将要落地的瞬间完成。时间恰到好处,一次完美的着陆。

卡尔维诺先生的第二个梦

忽然，屋子里出现了一只蝴蝶。卡尔维诺先生关上窗户，不想让它溜走。蝴蝶静静地停靠在他的肩膀上，好似真的着陆在了一片深色的、由细毛线勾织的地毯上，而非错觉。

少许片刻，蝴蝶又扑闪翅膀飞起，继而落到了一位穿着超短裙的漂亮女士大腿上；不一会儿后，它慢慢地靠近书桌，在一本翻开的代数书上落下。卡尔维诺先生凝望着蝴蝶：它小小的双脚恰巧踩在了二次方程式上。卡尔维诺看看它，看看方程式，又看看它，这时蝴蝶再次起飞，朝着厨房的方向而去。卡尔维诺先生紧紧地跟着它，打了个寒战。在厨房的桌上，有一块生牛肉，蝴蝶不停地在生肉周围徘徊寻找着陆点，但卡尔维诺的手总是时不时地适时打断了它的着落，几个回合后，蝴蝶厌倦了。它从厨房溜走了，几分钟后在屋子里停下。不一会儿，又开始扑闪起翅膀，渐渐地向卡尔维诺先生的左耳朵靠近。

卡尔维诺先生感觉到蝴蝶在慢慢地靠近他的左耳，微微一笑。他的嘴角淡淡地保持着弯弯的弧度。蝴蝶慢慢通过他的耳朵，一步挨着一步，翅膀一闪又一闪，直到进入了卡尔维诺先生的脑袋。蝴蝶在卡尔维诺先生的脑袋里挥动着翅膀，小小的翅片一开一合，卡尔维诺能非常清晰地感觉到它的震动，他为之沉醉：仿佛从这刻起无需再考虑其他，仿佛世界一切终于被理解和接纳，无需再理会人类的纷扰。卡尔维诺先生感觉幸福极了。

然而，依然在梦中的卡尔维诺先生惊醒了。一阵阵的疼痛刺着他的脑袋，好像永无止境。

卡尔维诺先生的第三个梦

卡尔维诺先生和他的合伙人完全沉溺在某些事物利率的争论中，对周遭的一切浑然不知：他们被一只鲸鱼吞食了。在鲸鱼的胃里，卡尔维诺依然在激烈地讨论中：知道么，现在什么是贸易，是出售石油和书籍。谁得到了什么？争论继续升级，卡尔维诺先生渐渐深陷其中。他离开了，背向他的合伙人朝街上走去，看着人来人往。一些人神情不慌不忙，另一些人站着相互讨论，话题同样也涉及利率：30，不，37！不，32！大家都在争论，卡尔维诺先生自身已无法参与，他暗自念叨："43%，至少43%！"

但同时有种感觉，所有人都在鲸鱼的胃里，他在城市里见到的那些人，行色匆匆，从一边走到另一边，讨论着百分比的那些人，还有他自己，很久以前早已身陷其中。

气　球

　　某些时候，卡尔维诺先生整个星期都会沿着城市散步，手里握着一只充足气的气球。他依然循规蹈矩地生活着，没有丝毫的变化：清晨的道路、与在街区拐角碰到的每一个人打招呼道早安、在办公室固定的姿势、晚餐平衡的膳食、没有规律的午餐。他按部就班地严格遵守着每个时刻，保守而严谨的衣着及微笑，从起床到就寝，没有丝毫变化，只有一件事除外：卡尔维诺先生右手拇指及食指间的气球线，需要被妥当地保护好，让气球始终充盈着气体，一整天的高度都保持在同一水平线上。在工作中、在家里、在路上、在定期都会供有红扑扑苹果的杂货店、在有着女孩儿们或快或慢川流不息的咖啡馆，卡尔维诺先生始终保持着垂直的坐姿，以确保气球的高度。他总是担忧气球爆了。

　　有时候，卡尔维诺先生将气球的绳子绑在手腕上。

　　在办公室，卡尔维诺想让双手腾空几乎没有可能。他将气球的细绳绕在抽屉的钥匙上，并打了个结。气球立在那儿，始终静默地在他身边，有时就好似趴在桌上的一个角色，和同事们放置在秘书桌上的家庭照片一同簇拥着。在室内允许的条件下，卡尔维诺会带着气球一块儿上厕所。在厕所里，他小心翼翼地将细绳绕在门把上，好像把一个易碎的花瓶放在不平稳的地面上，并深情地对着气球，如同对着宠物一般说道："稍等下哦。"

在人流量高峰时段的公共场所，卡尔维诺先生将气球举过脑袋，途经任何一处，都高举着手臂，以确保气球的安全。回到家里，临睡前，他将气球紧紧挨着梳妆台，如此，才能安然入睡。

对于卡尔维诺先生而言，给予某件事物特殊的关注（哪怕只有短短的几天），好像对待气球一般，是一项基本练习，训练他对世上事物的看法。从本质而言，气球是一个实质不存在任何物质的简单系统。这个系统，通常称为没有事实根据的消息，它如同一层淡淡的乳胶，若隐若现地弥漫在空气中的某个地方。没有这一层色彩，空气中被强调的氛围模糊得让人难以辨认。就卡尔维诺先生而言，选择气球的颜色仿佛无意识地选择了一种生活的态度。他决定：今天我选择蓝色（蓝色代表乐观）。

气球不言而喻地脆弱，需要许多措施来保护它。思绪仿佛化成了不知名的小虫，嗡嗡嗡地在卡尔维诺先生耳边围绕，提醒着他，生命的活力与不可抗拒的死亡仅仅一步之遥。

窗

卡尔维诺先生的屋子里有一扇窗，从里向外望去，可以看到街景，视野亮敞。窗户被两幅窗帘遮挡住，中间的接缝处可以被纽扣系上。窗户右边的一幅窗帘有纽扣，而另一边，和其他普通窗帘无异。

卡尔维诺先生需要解开窗帘的七个纽扣，一个又一个，才能透过窗户看外面。解开纽扣后，他用手拨开窗帘，窗外的世界一览无遗，他静静地品味着。看毕，再次用手将窗帘合上，覆在窗前，一个又一个地系上纽扣。这是一扇需要系扣窗帘的窗。

早晨，他打开窗户，需要慢慢地先解开窗帘的纽扣，手势暧昧，平缓地，仿佛宽衣解带，又好似焦虑地解开心爱的衬衫纽扣。

之后，窗仿佛被给予了不同的心情。如同世界并非每时每刻都触手可及，但于他，某些事物是可以的。用他的手指，温柔地感觉。

透过窗户望去，世界变得不同了。

汤汁的残渣

卡尔维诺先生小心翼翼地用餐巾纸擦拭着嘴角,但时不时地总会有残渣遗留。用完早餐后,举个例子来说,残渣 A 点儿固执地守在了他的右边下颚上。

卡尔维诺照了照镜子,由衷地赞叹那点儿残渣 A,方才它和纸巾欢快的摩擦中,竟然还屹立不倒地杵在脸上,好似一个登山运动员,自信满满,不畏跌落。此刻,一个词悠悠地闪过了卡尔维诺的脑袋:同情。

那天,卡维诺决定闭上眼睛,即使现实的空气中弥漫着惊讶。

就这样,他出门了。然而"我的嘴角有块残渣,有块小小的残渣"的想法不停地侵袭着卡尔维诺先生的脑袋。

好些人盯着他嘴角那块小小的残渣,卡尔维诺先生的身体时刻紧绷,琢磨着去应付那些未知的场面,然而到了最后一刻,也没有人提醒他:"对不起先生,您的右下颚有块汤汁的残渣。"没有人有这样的勇气。

对他来说,一切如常:如果下颚没有汤汁的残渣,一切都不会发生。卡尔维诺先生将此归功于好运气和自然规律。

问题与答案

卡尔维诺先生的身高很高,他的床与他的身高无法匹配。

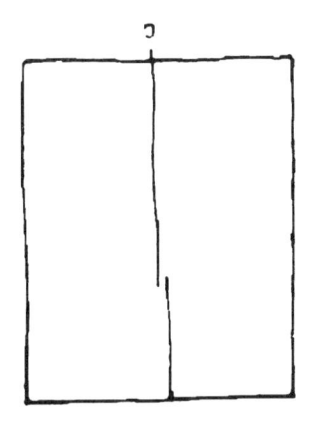

如上图所示,卡尔维诺先生躺在床上,将整个脑袋露在床外。他感觉脑袋里的想法像漏水的水瓶,滴滴答答,一滴一滴地直往外冒,落在地上。一觉睡醒,脑袋空空的,没有知觉。

另一天,卡尔维诺先生换了一种睡姿。他将脚悬空在床外,但他被跌落的感觉所束缚。更糟糕的不是跌落的感觉,而是仿佛地面从未出现过。一觉醒来,筋疲力尽。

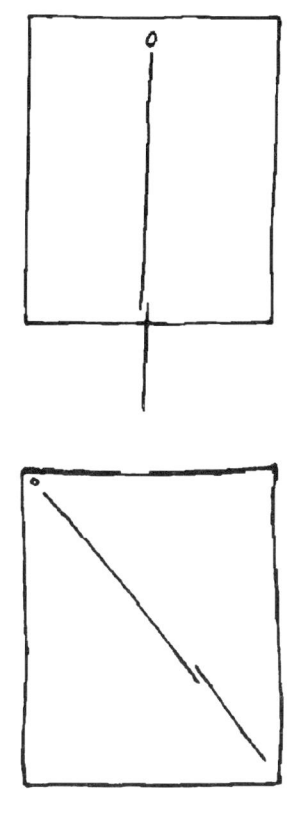

之后，卡尔维诺先生经常身体保持着对角线的状态躺在床上。这样的睡姿，尽管身体的任何部分都未置身于床外，但感觉一宿飞逝。

每天很难入睡，但很早就起床了。

卡尔维诺先生的宠物

清晨,卡尔维诺先生向厨房走去,给他的宠物"小诗"喂食。小诗狼吞虎咽地吃着,无论是难以下咽的吃食还是山珍海味,对它而言都是食物。

晚上,卡尔维诺先生处理完紧急事情后,轻轻地抱起小诗,温柔地抚摸着它,指缝间漫不经心的安抚好似在弹奏竖琴。那一刻,整个宇宙的转动仿佛为了捕捉这只小猫的节奏而放缓了。

为小诗洗澡很困难,它对清洗总是很排斥,来回蹦蹦跳跳,保护着它脏兮兮的身体。最困难的事是给它打预防针,只有在这个时候,它会用它的小爪子伸向卡尔维诺先生。小诗好像生病了,但不愿意被治疗。

有一天,它从二楼的窗户跌下,死掉了。

第二天,卡尔维诺先生又领养了另外一只小猫,并给它取了同样的名字"小诗"。

有原则的人

这个故事是关于一个懒惰的人，这个人不断地重复着一个游戏，不知疲倦；只要活着，他就不停地找各种托词来偷懒。卡尔维诺先生绘声绘色地说道：

他不停地后退，一直退到无路可退。在他的后面有一道悬崖。

接着他开始向前走。

他走着走着，当走到可以再次后退的地方就停止了。他不愿再向前走了，认为那根本没有必要。

向前走，走到可以后退的地方就行了。

接着，他重新后退，再次退到无路可退。

就这样，一天天，周而复始。

他的后面是一道悬崖。但是，向前进会很艰辛。

于是，他就在那两个点之间来回走动。

到了晚上，为了保持体力，他睡觉了。

有时候在这儿睡，有时候在那儿睡。在那一段固定的区间反复，再无其他。

每周六清晨的平行运输

已经没有人再大惊小怪了,但依然目不转睛地看着他。

每个周六的清晨,卡尔维诺先生都要从街区的这头晃到那头,右手拿着一根金属杆。

然而,任何方式都没有办法运输这根金属杆。于是,卡尔维诺先生紧握金属杆,使它精确地与地面保持平行。

"我不只是拿着金属杆。"他念叨,"我拿着的是一根与地面保持平行的金属杆。"

想到这儿,卡尔维诺倍感振奋,精确地将手握在金属杆的中央,没有丝毫的懈怠。如果谁一早就碰见卡尔维诺先生,就会看到他右手臂紧绷的肌肉线条。他紧绷的状态,没有一丁点儿的颤抖,也没有任何的失误,来确保在运输金属杆的每一秒,它都与地面保持平行。卡尔维诺先生对此感到十分自豪。

在回程的路上,尽管卡尔维诺先生用另外一只手拿着金属杆,但依然不能继续保持原先的平衡感,他开始有些松懈,手臂渐渐地失衡,杆子的平衡从一端偏向另外一端,就好像手里提着袋子,不再时刻保持紧绷感。

起初，卡尔维诺先生为此需要不停地向周围的人解释。渐渐的，没有人再会为金属杆的突然转变而感到惊讶。如果再出门，卡尔维诺先生依然在出发的时候会力争使金属杆与地面保持平衡。而返程，同样的金属杆，会呈现斜角的状态，这样可以令卡尔维诺省劲儿不少。

只要小小的失误，就能改变金属杆与地面的平行状态，或令倾斜的金属杆垂直。在城市里，可以令杆子与地面保持平行的任何运输者，都会被付以高价。这说明了，人类知道如何安放。比如，用手精确地握在物件的中央以保持其平衡。

卡尔维诺先生念叨，这是对的，是对的。每个周末的早晨，他依然追求着他与杆子之间的完美平衡。

游　戏

任何事情在没有制定规则之前，其界限都是模糊不清的。

"我们必须制定一下规则，这样才能知道谁赢了。如果我是裁判……"杜尚帕先生对卡尔维诺先生说，并略微羞涩地指着倒出的全套玩具组件。

"是现在？还是游戏开始后？"

"需要制定规则……"杜尚帕先生坚持道，"这样我们就知道谁赢了。"

"但是由谁来制定这些规则呢？"卡尔维诺先生问道。

"你，或者我。"

"那么，是我还是你呢？"

"你先开始。"杜尚帕先生提议，"然后由我结束。"

"不。"卡尔维诺先生反驳道，"你先开始，每个公式可以改变作为一个规则，那么我呢，制定最后一个。"

"我同意。十项规则？"

"对，十项。"

他们开始游戏。和原来不同的是，他们一边儿玩一边儿制定规则。每个人在游戏的过程中，都将规则的胜算倾向于自己的一边，然而，最后制定规则的一方永远是胜者。

始祖鸟，被认为是恐龙与鸟类之间的繁衍物，距今已灭绝了1.47亿年，它飞行的姿势与现在的鸟类无异。——自然杂志某篇研究报告

没有什么新闻，卡尔维诺先生心里念道，接着放下了报纸。现代麻雀和老鹰的飞行技能就如同它们的祖先始祖鸟一般。它们行走和说话的模样和始祖鸟也如出一辙。事实上，它们都懂得如何穿越大气（或在高空中保持平衡），从不会跌落。自如地飞翔是鸟类的天性使然，它们知道怎样保持平衡力，这是它们独有的优势。我们可以这么形容鸟类，它们没有忘本，记忆力极佳。从始祖鸟起，鸟类就再也没忘记过这门令人羡慕的技能，懂飞翔，不会掉落。

虽然我们欣赏麻雀优秀的记忆力，其飞行的精确性就和它们的祖先始祖鸟一样。但从另一方面而言，我们同样也可以批评它们缺乏进化，很显然，没有任何的创新能力。有些人会比喻麻雀为保守派，尽管它们的飞行姿势与始祖鸟一模一样，但却饱受始祖鸟不曾有的批判，对于现代鸟类而言，这样的评价似乎太苛刻了。保守的麻雀！卡尔维诺先生自言自语道。没有新的动作，几千年的飞行本领都遵守着一个原理，什么变化都没有。从运动方面来看，单调透顶。

千百年来，它们遭受鄙视的重力学，同样收获赞誉，也是同样的原因，受到批判。

但就上述观点，产生了一个荒谬的质疑：现代鸟类懂得识别始祖鸟都未知的声源？它们知道新的旋律？

不可能，但事实，又确实如此。卡尔维诺先生转念想了一想。现在，这个世界充满了各种新的声源。有一些声音直到上个世纪才刚刚出现，或者有些声音这个世纪才可能有，就好像飞机降落时刻的声响，或者我们想象一下，飞机在飞行过程中，在大气中带出的一大串白烟。印刷机发出的声响也特别地与众不同，或在印刷诗集或仅仅是在做一个测试，仿佛那些机器会品鉴那些文学！另外，翻阅二十一世纪浪漫小说的节奏声、球掉落地板碰触瓷砖所发出的乒乓声，手脚并用，慌乱抓球的声音；塑料杯从三米高度跌落的沉闷，又或者，孩子们引人注意的好奇眨眼，没有停顿，不停地闪烁。很显然，这个世纪才有的几千种声响是现代的鸟类才能听到的，对于几千年前的野生鸟类而言，只有贴近窗户才可能感觉到这些声响。听觉，也伴随着大脑的运动（没有特别需要推敲的，只不过，存在着一片运行的空间）。于是，听觉和大脑一同来鉴别收到的声源。声源经过听觉和大脑的处理分析后，哪怕对鸟类而言，也变得可以接受，继而声源的发出者和接收方达到了一个平衡。

是的，对现代的鸟类而言，它们与始祖鸟之间即使经历了1.47亿年的变迁，也不过面面相传。"尽管我们与始祖鸟的飞行方式相同，但我们，我们懂得新的旋律。"麻雀念道。

清　晨

有时候，卡尔维诺先生痴迷于方法学：我喜欢用多种方法来处理一件事情。

有时候，他迷恋事物：我喜欢用一种方法来处理多种事情。

有时候，卡尔维诺先生又对此重新洗牌：我喜欢在同一时间用多种方法处理不同的事情。

今天，他起床时，浑身懒洋洋的：我对什么都不感兴趣，哪怕是用多种不同的方式来处理同一件事情。

卡尔维诺先生不再阅读、书写、思考、讲故事，也不再为客观事物与世界之间的联系而冥想。他就那样坐着，呆呆地望着他的鞋子，有时去刮刮胡子，接着又在沙发上躺下，身体蜷缩成一团，过了一小会儿，他伸了伸懒腰，把头从一边儿挪到另一边儿，肚皮一会儿朝上，一会儿又向下。卡尔维诺先生从沙发上坐起，走向厨房，喝了杯水，眼神慢慢地移向窗外，凝神看了会儿天，很自然地打开了窗户，将手伸向窗外，丝丝凉意，阵阵凉风袭面而来，他关上了窗户。不一会儿，卡尔维诺先生又去锁上了抽屉，同时解开了衬衣的纽扣，又重新回到了客厅，再次坐回沙发，倦意席卷而来。

另一则新闻

卡尔维诺先生打开晨报，脸上的神色渐渐地被愠怒覆盖，对于他，一切已经很明晰了：这不是一个国家，这就是一场交易。

迅速扫过几篇热门新闻后，卡尔维诺先生看到了下面一则新闻：

> 一个女人被一枚陨石袭击了
> 一位七十六岁高龄的居民在家中花园被一枚陨石袭击，陨石大小和榛子差不多。英国科学家们认定这枚陨石运行轨迹位于火星与木星之间。

卡尔维诺先生心想，宇宙真是有趣，即使一些物质与我们距离甚远，但心性却仿佛六岁孩童，毫无设防地搞一个恶作剧。有时候，一些捣蛋的小孩儿拿着水枪，从二楼窗户后面瞄准那些倒霉行人光溜溜的脑袋进行袭击。宇宙也有自己的弓弹，时不时地根据自己的喜好来袭击，这回它们用小石子瞄准了一位七十多岁的老妪。老太太因为出门去照料花园里的三朵玫瑰而与陨石不期而遇。

并非邪恶的本质,也不是故意恐吓,只是宇宙自身运行中简单的小游戏。一颗遥远的小行星都会按自己的轨迹来运行,那么对于孩子们来说,良好的教育才能有更好的未来。

假期中卡尔维诺先生的来信

亲爱的安娜：

这里的田野，饱满的稻谷随风扬起，恰到好处地遮盖了作物深处发出的沉闷而又咆哮的做爱声。然而，声响和声源之间常常会产生巨大的差异，声音所带来的异常兴奋感比触摸更为敏感，可以说，声音通过风的润色，层次更为叠加，摇身一变，成了氛围中的主角儿。窗户边的农夫们，脸色绯红，常常臆想所听到的一切，那些景象好似真实地在眼前摇曳。

亲爱的安娜，肥沃的土地如窗帘般柔滑，年轻夫妇在田野中耕作。瞬间，对于一个聋子来说，窗子似乎一下子失去了光泽。

如何帮助退休者

卡尔维诺先生讲道，一位上了年纪的退休老妇人，步伐缓慢。这个岁数的人已经失去了向前冲跑的活力。她被一扇自动旋转门给夹住了，陷于门内。尽管之前她已用尽全力，像年轻人般向前迈步。可你看，老妇人还是被迫困于门内与门外的局限区域，身子无法伸展，卡在中间。

"可她为什么会在那儿呢？"卡尔维诺先生询问同伴们。"很简单，"他继续说道，"由于很多年没有与邻里往来，有一天她忽然收到了某位女士的饮茶邀约。那一瞬间，老妇人的内心澎湃不已，因为已经很久没有人去关心她了。"

但现在，她的两个肩膀却被门卡住，十分难受地困于其中。奇怪的是几天过去了，房东也没有察觉到老妇人的消失。

无法运转的旋转门剩下的狭小空间，也没有办法令人顺利进入或者出来。于是，旋转门依然纹丝不动。门框的压力继续侵袭着老妇人的身体。

一个星期过去了。老妇人的头开始疼起来，而疼痛主要是在颈部。由于门的压力,老妇人的骨头开始隐隐作痛,似乎在那一刻,老妇人的年纪被人遗忘了。

究竟为何让老妇人如此重视邀约,而没有人念起她的无力?

一小匙

卡尔维诺先生为了训练肌肉的耐力，将一小匙咖啡置于一个大铲子的旁边，用来做记号。大铲子平时是工程上的使用工具。接着，他给自己施压了一个五十公斤的沙袋，并规定自己在携带沙袋的情况下，从 A 点移动到 B 点，两点间隔十五米。

铲子一直放在地上，纹丝不动，很醒目。卡尔维诺先生利用一小匙的咖啡来设置了一项目标，将一个大沙袋从一端搬运到了另一端，训练中，时刻保持着所有肌肉块的紧绷感。从那一小匙的咖啡开始，每当移动了一小步，都会重新唤起卡尔维诺先生的兴奋神经。

慢慢地，最终完成了目标。卡尔维诺先生没有半途而废也没有借用铲子的外力，他好似从一个小小的咖啡匙中收获了巨大的成功。

太　阳

卡尔维诺先生的手里拿着一本书。书的封面在阳光的冲洗下已完全褪色，最初的深绿色渐渐变淡，淡化得几乎透明。

再看看书架上的其他书籍，所有的书都已失去了原本的色彩，光线好像一只锯齿类动物，啃去了书本封面鲜艳的颜色。

举个例子，有一本书被置于房间的某个地方，至少一个月了。某些时分，在那儿，书本可以直接享受到阳光的照射。就这样，出现了一个非常有趣的现象：书的封面上有一条细细的线，线上面的部分失去了色彩，但封面线下部分的颜色依然充满着最初的活力。忽然，另一幅画面闪入了卡尔维诺先生的脑海，他记起夏天穿泳衣时，身体遮挡部分与未遮挡部分之间所呈现出的色差。

卡尔维诺再次重新望向书架，漫向那些已褪色的封面，他一下子恍然大悟：人们总是从最开始的显像来判断事物背后的本质，因为从表面，可以直观地发现其发生的化学变化，但事实并非如此单纯。在卡尔维诺面前的，并非简单的物质变化，其本质是出于一种欲望，牵一发而动全身的强烈愿望。而同样，太阳也有它小小的愿望：它渴望打开书本。于是，它将所有的能量都聚焦在书籍的封面上，期望翻开书本，进入扉页，进行阅读，从那些句子起，渐渐地与诗歌心心相印。太阳只不过是渴望阅读书籍，仿佛是刚进入学堂的孩子们。

卡尔维诺先生陷入了沉思。实际上，他不记得是否有那么一回敞开了书本，将其摊于阳光之下。但是，显而易见，我们随意可见一些人在室外将书本放在桌上或花园的长椅上（或者在地上）。但卡尔维诺先生意识到，他的书籍，内容常常被封面遮盖住，阻断了太阳通往文字的道路。

有的时候，有些人将欲望付诸于实践。而有的时候，人们仅仅回馈它深情的触摸。某些日子，太阳光线折射到男人的脸颊上，静悄悄地，但仿佛一下子将他从沉重的悲痛、极度的失望，或许是自杀臆想中唤醒。

卡尔维诺先生再次看着被光线笼罩着的书架，眼睛飞快地扫过书背。他全神贯注地挑选着书籍，想为某个人找一本合适的书。值得注意的是，他不是根据自己的喜好来挑选书籍，而是按照对方的口味。终于，他从书架中抽出了一本书。

对刚开始起步阅读的读者来说，这是本好书。卡尔维诺先生内心自我肯定着。

他翻开书本，在第一页放上一张便签（谁要读？）并放下了书，作打开状，将叙述的首页对着往常太阳下山的那个地方：

"爱丽丝愈发感到倦息，她靠坐在姐姐的身旁，在河岸边无所事事。"

第二天，卡尔维诺先生将书翻过一页。接下来的日子，他每天都会翻一页书，直至卷末。然而，阳光依然灼热，照着书籍，试图穿越封面。卡尔维诺对它的执着肃然起敬，它仿佛一个如饥似渴的读者，拿起了书籍，就再也无法放下，仿佛在说，我想读得更多。

  看到这样的情况，卡尔维诺先生又挑选了另外一本书，将它重新置于阳光下。之后，一本接着一本，每天清晨，他都会重新翻过一页。

一条狗和一座城

让我们来迅速而简短地说件事儿：邻居 D 先生有一条狗，这条狗非常依赖他。由于疾病和年龄的原因，它瞎了。

以前，这条狗在这片区域生活和散步，它通过声音、气味和空气来辨识所处的环境。

卡尔维诺先生自告奋勇地向 D 先生提出遛狗。傍晚时分，他牵着拴着项圈的盲狗，在城市中散步。

卡尔维诺先生的漫步

对卡尔维诺先生来说，他有时会感动于某些想法，而不是动容于这个世界。生活就每个人而言，不仅仅是悲欢离合。特别于他，生命中如果没有思考，就是一段没有自我的人生。卡尔维诺觉得，当一些想法闪过脑袋的刹那，就好似脖子里窜进了凉风，一阵清醒，却没有触摸家具零件般踏实的触感，如同昙花一现，但扣人心弦。

某些日子，他的大脑里充盈着感动，以至于可以阻止其他间接情绪所产生的化学反应。至少这些情绪，他都是可以自我控制的。

卡尔维诺先生清晰地回忆起他的一位朋友。很不幸，他的朋友患有面瘫，无论是否高兴，他总是保持着微笑的模样。

从历史学家的角度来看，又令他想起了另一位卡尔维诺先生。这位卡尔维诺先生于二十九岁登基成为国王，他的本名是马哈茂德。这个国王一共侵略了十七次印度。

他每年都下令侵略印度，但事实并非每次都随人愿。

卡尔维诺念道，人的漫漫一生，似乎很久，晃过神来，却仿佛无事可叙，不着痕迹。如果一生终究无迹可寻，至少应该先尝试一半的愿望，起码这样，能得到一个准确的数字。比如一些青年作家，最终能做到的事，常常只是计划里的一半。那一刻，卡尔维诺先生忽然决定，我再也不做计划了。

就这样，他不再计划预定目标，一天天随遇而安：就像坐在长椅上。卡尔维诺先生开始尝试精确地描述不完美。

于他，一次错误的迈步，初次犯错，或对于某处的不理解，对突发事件的期许都是必不可少的。

他向后望去，什么都没有，好似一切如预期设定的一般。

霎那间，卡尔维诺突然想起了一段荒谬的对话。

"我很悲伤，因为我有一张苦瓜脸。"

"这就是你悲伤的唯一理由？"

"是的。"

难道还有什么？人类不单纯。忧伤不只是一个表面所能浮现的现象，而是蕴含着更多的内容。卡尔维诺心想。

举个例子，上一次，有天下午，卡尔维诺爬到了银行上面。

"你在哪儿？"贝提尼先生问他，贝提尼先生是一个瞎子，正好路过银行。

"我在银行的上面。"卡尔维诺回答道。

当有人问到时间，贝提尼先生突然无厘头地问："在哪儿可以很清楚地区分牧羊神呢？"

"什么？"卡尔维诺听得糊里糊涂。

为什么忽然忆起了他说的话？卡尔维诺先生自己也不明白。

记忆并非一个简单地锁着所有旧物的仓库。的确如此，无解。

卡尔维诺先生继续向前走。

事实上，有些日子，他觉得自己很奇怪，好像一个朝圣者，可心里没目标，手中也无地图。

他一心直想向前走，不走岔道，一直走到一个完全不认识的地方。

一天清晨，家里唯一一台机器，卡尔维诺说，好像嘶声竭力地要向全世界宣布："我罢工，现在我要爆发！"

然而，作为补偿，它几乎工作到中午。时间飞逝。

卡尔维诺继续说着，我不喜欢停下来（逛街?!）我喜欢走路。我不喜欢加快或放慢步伐。

如果时间已经晚了，我也不会加速，或许只有迟到的份儿。

我讨厌等待。因此，如果我知道我会提前到，我不会去改变路线，但会折着角走，不会停下来，会走同样的路，不过是用不同的方法。

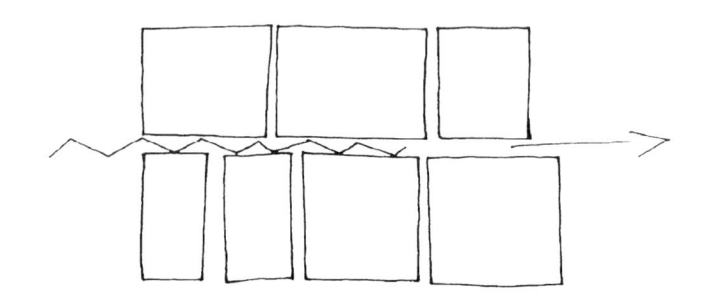

如果时间更早，我会这么走：

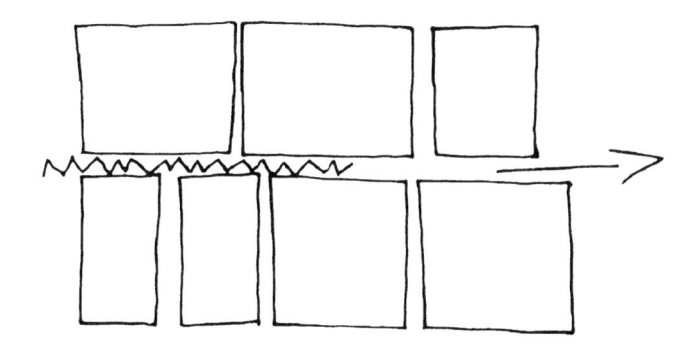

如果时间早得太多了，我会这样：

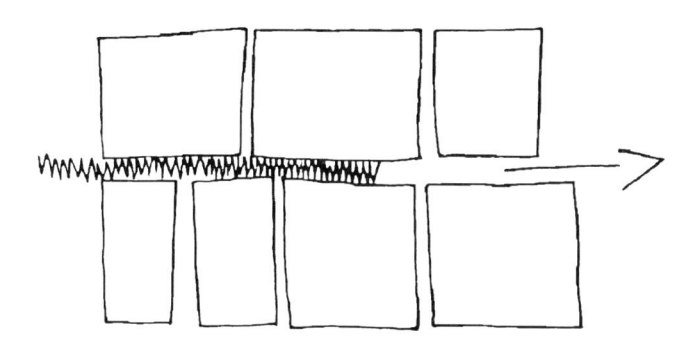

　　卡尔维诺先生走在路上，步伐轻盈欢快，好似大腿的肌肉凭借微妙的触感可以感应心情的好坏。事实上，大腿肌肉的心情很好，无以言表。

　　此时，一对恋人从他的身边走过，恋人们相互亲啄着嘴唇，在不到一厘米的微妙距离喃喃私语，毫无疑问，在那儿应当建造个别人看不见的游乐园。

　　卡尔维诺先生困惑地看着那个男人，他毫无挑剔的愚蠢的脸则令卡尔维诺的脑海一片空白，尽管如此，有一件事他不能忽略，他们相爱了。

卡尔维诺的心跳好像一段规律而又单调的旋律。他用手捂着胸口，仔细倾听着那枯燥的音乐。他知道，它还在悠悠地拍打着节奏。重复的旋律挽救了内部的运转，但外部，它的期待却被惊讶、侵犯、幻灭、突然的聚变或其他的不测而打破。

一刹那，卡尔维诺先生想不起来早上的新闻了，而新闻是唯一可以安抚他心情的寄托。他也忘记了第二天要去做什么，健忘让他愈发没有能力去预见未来，这是生命中不可回避的经历。

当然，他还不会在以下方面出错：在需购票进入的地方，买票进入（票价很贵）。

就在这时，卡尔维诺先生的思绪被打断了，尽管此刻他也无所事事。一个看起来懒洋洋的人问道："先生，您知道乐格兰特路在哪儿吗？"

卡尔维诺先生不假思索地回答："先向右，之后在下一条路向左转。接着，沿着路向上走，然后就到了，有一条很宽的道路。"他负有责任心地为迷路者喃喃地指路。

问路人向他表达了感激，之后两人分道扬镳。

实际上，卡尔维诺先生从来都不知道乐格兰特路在哪儿。

他常常词穷，不会胡乱编造（一些人认为胡编乱造是撒谎）。他耸了耸肩。卡尔维诺这么做，并不是为了报复，这么做仅仅是对轻薄无礼的一种简单的条件反射。这个世界的任性，无序，任何时间的打断，澄清，谁会细念。

就这么回事，但事实却背道而驰。

这是卡尔维诺先生习惯性的澄清方式。之前，因为没有时间，对待一位和善的先生，他的回答也如出一辙，和真实的信息却是截然相反的。不会有人心怀内疚之情，那些信息不过是给予街区迷路者们的慷慨同情，就好像有一些人会向自己推荐喜欢的电影或书籍，卡尔维诺先生能体会那些人的直率。就卡尔维诺本身的习惯来说，是永远不会察觉和了解到隐蔽于那些角落的美好，而那些美好却被一些人深深痴迷。

不仅仅如此，他也深知，世界是难以容忍的。

谎言可以平静顺利地度过一天，但真话却让一整天波涛汹涌。所有的人际关系、社会关系，以及和国家的紧密联系都让人感到崩溃。

卡尔维诺明白，一句话要点出真相，难。一些事写不了，说不了，但它却发生了。就好像一场地震，或刚刚在街角遇见的情侣，如同老友一般。真相只可意会，不可言传，卡尔维诺深谙此理。

在街角处，文艺地站着一位老友：城市博物馆。

既然已经到了博物馆门口，为什么不进去呢？

这是一座奇怪的博物馆。

任何人进入摆放乐器的展馆时，都会产生一种耳聋的不悦感。卡尔维诺先生慢慢地敲打了三下右耳，接着三下左耳，可是情况一点儿都没好转，在这里参观只能依靠视觉。

在另一个展厅的乐器展览（摆放在橱窗里），是特别为盲人准备的。

在这儿，好似人们的感官掉落了一地，博物馆长拾起了它们，根据功能和位置来重新排序。

而另一个展厅里，展出了过去几个世纪伟大艺术家的照片。

卡尔维诺先生心想，真是一个简单的计算，却把我们带入了一个无解之谜：被认定为"伟大的艺术家"的亡人人数，远远超过了他们当时在世人口的总数。

唯一能为此做出解释的理由是：死亡促进艺术的发展。如果所有的艺术家现在都活着，那么我们连一张伟大艺术家的照片都不会有。

卡尔维诺想，幸好我们不是不朽的，我们才能这么说。

画里有头发！这顿时吸引了卡尔维诺先生的眼球！如同厨师有意无意在自己作品中留下痕迹，将发丝结合于艺术之中，仿佛是另一个特别的签名。

这是一件伟大的创作，画家好像之前将厚油漆碾碎涂在了他的头发上。嗯，十八世纪的头发，卡尔维诺先生分了神，开始构思起童话故事，故事是这样的：

一位公主在为她的父王梳头，这时候从他的头发里发现了一只跳蚤。

国王告诉她："不要杀了它，等你长大了，就知道跳蚤的用处了。"

之后，跳蚤一点儿一点儿地长大，最后变成了一个王子。

公主与跳蚤王子相爱了，并成婚了。随着岁月的流逝，公主渐渐发现，她的丈夫和她的父亲变得一模一样。

跳蚤王子最后成为了国王。一天，他的女儿也在为他梳头，在梳头的时候，同样在头发里看见了一只跳蚤，她问父王："杀了它还是留着它长大呢？"

正当国王要回答的时候，王后忽然打断了他，对女儿叫道："立刻杀了它！"

是呀，多妙的回答。卡尔维诺品味着，立即杀了它！如果世上的问题仅仅是夫妻问题，一切就会变得更加容易。但事实上，根源却在别处。

换而言之，量变会导致不可控。这是个很大的问题，量化不可描述。

我不知道看到的东西叫什么，但是我可以数数。卡尔维诺先生这样想着，或者更妙的是，我不知道看到的东西叫什么，但我可以数着数。

有时用数数来替代理解或者解释。

举个例子，如果当时卡尔维诺先生被很多不同的奇怪东西包围，他不知道那些东西的功能也不明白它们存在的理由，但他总可以冷静下来清点它们：一、二、三、四、五、六、七、八，一共有八个我不知道的东西。

八，这个数字是多么的熟悉。一、二、三……八头怪物。那个场合，至少数数是可控的，卡尔维诺心想。

突然，没有任何征兆，卡尔维诺先生面前出现了一个全新的世界，他差点儿跌倒了。

在路中央，有一个窨井盖没有盖好，这差点儿让卡尔维诺翻了个跟头。他停下，仔细地端详着井盖的内部构造：各种管线相互交错，好像是有人为水建造了一个运动跑道，在变成自来水之前可以尽情玩耍。

这时他不禁想到了另外一个关于男人和洞口的故事。

这个男人先向上看了看，接着向两边望了望，以确认万无一失。

接着，是的，非常安全，他自己掉了下去。

当然，卡尔维诺先生当时不是自己掉下去的，他的经历可以形容为：七件相互关联的事物最终会导致一个结局。

之前，井盖并不是被那样放置着的，并且留出了一个小缺口。

一名警察手里拿着窨井盖，和另外一名警察有过一段简短的讨论：

"这是你的。"

"不，是你的。"

"我的？不，是你的。"

对话让其中一名警察渐渐支撑不住，他的拇指开始微微疼痛，但依然坚持着。讨论的错误点在于窨井盖始终被拿在手里。——这样的错误永远别再犯。

事实上，裸露的拇指是有感觉的。动动它，向前向后，向左向右，可以来确认它是否完整无缺。

一些拇指的习惯手势，可以代表着一个男人去征服世界。卡尔维诺先生知道，拇指手势的不良寓意同样也可隐喻爱抚。这个世界，好与坏、痛苦与欢乐的交错不清，将是唯一长存的。

"您怎么了，亲爱的女士？"

卡尔维诺先生总是温文尔雅。然而，这次相遇不禁让他想起了过去一段不愉快的经历。有一个极其丑陋的女人在边境被禁止通过，之后她被控告，罪行即是入境企图违法交易。然而，这个女人的签发地所在国也不想要她，于是，她只能永远地被滞留在了两国的中间地带。在那里，或许可以让她更加容易地接受我们所处的文明世界中那份空虚、恶心、丑陋及其他可怕的因子。

"您还好吗？我亲爱的女士？"

卡尔维诺先生有着不同寻常的绅士。在社交场合，特别是前往陌生人的家里，他总是着急地第一个坐在椅子上，一把又一把不同的椅子。当所有的受邀者都还处于站姿的情况下，卡尔维诺这么做总显得没教养。但最后，当他体验过不同的椅子之后，总能送出更为合适的礼物，就像了解其中的门道，他的礼物总是令人感到舒服而得体。卡尔维诺先生的经验值并不是来自于红酒，而是椅子。

他彬彬有礼地向女主人告别后，走出屋子几米远外，从口袋里掏出一张小纸，记录道：

外地人，空间、时间。

外地人在空间上，被影响或者试图去影响他方圆四十平米的范围；而在时间上，他被前天下午影响或者尝试去影响，最多接下来的两天。

顺着思绪，让他想起了一位作家塔瓦雷斯先生描写的一类人，斜着眼，才到周三，就惦记着周日。卡尔维诺心想，是呀，真是眼神好。

不知不觉，已接近夜晚，卡尔维诺先生正漫步于一条狭窄的路中间。他看了看这边儿，又瞧了瞧另外一边儿。确实在两条平行的直线之间，对他来说，纯属巧合，也很幸运，正巧在两条线中间。

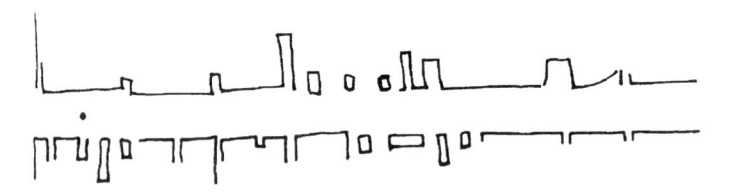

他走啊走，两条平行的直线非常完美，而他走在中间。多么幸运，两条直线！

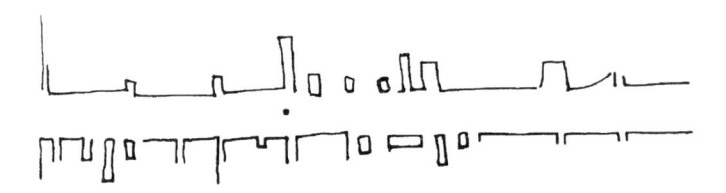

但走着，走着，开始出现一些变化……

继续变化着……

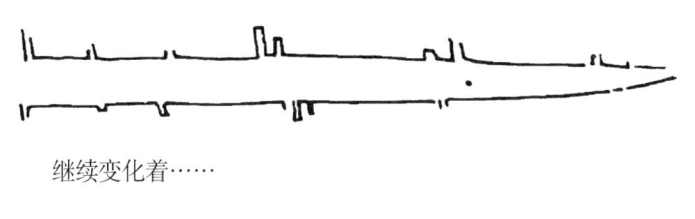

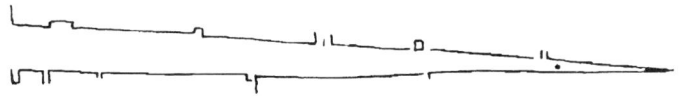

卡尔维诺先生停了下来（因为他再也无法前行了）。

在那儿，他终于遇到了他一直想要寻找的：无穷无尽。

他把地址记录在了笔记本上。

而最后，卡尔维诺先生终于抵达了乐格兰特路。

短经典精选系列

走在蓝色的田野上
〔爱尔兰〕克莱尔·吉根 著 马爱农 译

爱，始于冬季
〔英〕西蒙·范·布伊 著 刘文韵 译

爱情半夜餐
〔法〕米歇尔·图尼埃 著 姚梦颖 译

隐秘的幸福
〔巴西〕克拉丽丝·李斯佩克朵 著 闵雪飞 译

雨后
〔爱尔兰〕威廉·特雷弗 著 管舒宁 译

闯入者
〔日〕安部公房 著 伏怡琳 译

星期天
〔法〕伊莱娜·内米洛夫斯基 著 黄荭 译

二十一个故事
〔英〕格雷厄姆·格林 著 李晨 张颖 译

我们飞
〔瑞士〕彼得·施塔姆 著 苏晓琴 译

时光匆匆老去
〔意〕安东尼奥·塔布齐 著 沈萼梅 译

不中用的狗
〔德〕海因里希·伯尔 著 刁承俊 译

俄罗斯套娃
〔阿根廷〕比奥伊·卡萨雷斯 著 魏然 译

避暑
〔智利〕何塞·多诺索 著 赵德明 译

四先生
〔葡〕贡萨洛·曼努埃尔·塔瓦雷斯 著 金文彰 译

房间里的阿尔及尔女人
〔阿尔及利亚〕阿西娅·吉巴尔 著 黄旭颖 译

拳头
〔意〕彼得罗·格罗西 著 陈英 译

烧船
〔日〕宫本辉 著 信誉 译